夕顔の君

成井歌子

文芸社

目次

祇園の置屋

奈都子は祇園の一角の置屋の二階の腰高の窓の欄干に座っていた。

舞妓や芸妓が化粧を施し、男衆《おとこし》が彼女達の着付けをしている様子を眺めていた。

秋の夕暮れである。芸妓の「小夜菊」は置屋の娘で、舞妓を経て芸妓になっているが、パトロンを持たずにいた。

二人の舞妓は、今年舞妓になったという十六歳の「ひな菊」と、一歳年上の「小菊」である。

「小夜菊」はそこそこの美形であったが、さほどでもない二人の舞妓が、みるみるうちに、それなりの美しさに変貌するさまを見て、奈都子は驚嘆のまなざしで見つめていた。

置屋の「千代菊」は花見小路通りの少し奥まった左側の家並みの建て込んだ一角にあり、女将が芸妓をしていた若い頃、東京の某社長の世話になり、置屋を一軒買ってもらってからは、置屋の女将に収まっていた。

「小夜菊」は某社長の娘であるが、認知されないまま舞妓になり芸妓となった。某社長は亡くなって久しいらしい。

二階は二間あり、奥の八畳の座敷が三人の寝所で、六畳の続き間があり、階段を上がった所は板の間になっていて、左側に廊下があってそこに洗面所やトイレがあった。六畳の部屋には一間の和ダンスが作りつけになっている。

奈都子は板の間の窓についている欄干の下手《しもて》に座っていて、舞妓達の支度を見ていた。階下の庭は、一間半くらいの奥行に杉の皮を貼り付けた塀がめぐらされており、百日紅《さるすべり》の老木が形よく二階まで伸びている。

奈都子が夏にこの置屋にやってきた時、この百日紅の花は夏の日差しを浴びて、真っ赤に燃えていた。

父親の慶一郎が心筋梗塞であっという間にこの世を去ったのは、今年の五月のことである。中学三年生だった奈都子は、訳のわからないまま、なげき悲しむ母親の静枝のかたわらに座り、周りが執り行う葬儀の中で、何もかもが人の手によって進行していく様子を、下を向いたままの姿勢で感じ取っていた。

父親の実家は地方の片田舎で誰も来ず、通夜の精進落としの挨拶も会社の専務が取りしきり、明くる日の葬儀も会社側で粛々と進み、遺骨の箱が仏壇の前に置かれた時、専務は口を開いた。

「奥さん、社長が急に亡くなられはったさかい、会社がどうなっているか調べたら、この家も土地も銀行の抵当に入ってますねん。社長が一人でやられてはったさかい、私ら何も知りまへんでした。毎月返済されていたお金は、今の会社では返せまへんねん。銀行はんには少し待ってもらうように頼んでまっさかい、社長の四十九日が済んだら、ここを出てもらえませんか？　社長の交際費がえらい金額でして、きっと銀行から借りてはったと思います」

父親の慶一郎は、月に一回は京都の祇園に通い、普段は大阪の北の新地で会社の接待をしていた。

会社は呉服の卸問屋で、船場で細々と呉服を卸していた店の一人娘の母親と結婚し、その母親の巾三間、奥行五間程の地所に三階建てのビルを建て会社を経営していた。

会社を始めた当初は、慶一郎も必死になって働き、日本の高度成長と共に呉服の需要も高まり、ビルの返済も終わり、住まいもそのビルの三階から阪神地区の御影《みかげ》に移った頃から京都の祇園通いが始まった。

母親の静枝も、高級住宅地といわれる御影に屋敷を構えてから、茶の湯や歌舞伎なので出歩き、奈都子が学校から帰って来ても、家には誰もいなかった。

奈都子は一人っ子であったが、自分の部屋で本を読んでいるのが良かったし、誰の干渉も受けない方がことの外よかった。


父親の四十九日のことである。自宅の座敷で法要が始まり、会社の幹部も数人程参加し、最後に紫の色紋付に黒帯をしめためっぽうきれいな婦人が焼香をした。

その人は母親の前で深々と頭を下げると、

「お初にお目にかかります。私は京都の祇園の置屋の女将です。この度は急なことで、心からお悔やみ申し上げます。社長さんには大変お世話になっておまして、ご葬儀の時はすぐにかけつけなあかんと思てましたんやけど、私ら日陰者は人目のつくとこへは出られまへんね。今日は四十九日やさかいと思て、お参りさせてもらいました。奥さんにも、お嬢ちゃんにも、本当にお悔やみ申し上げます」

静枝はそれを受けて、

「お忙しいところをわざわざお参り頂き、恐れ入ります。急なことで、これからどうしたらええのか、私らも途方に暮れております……」

「ちょっと専務さんからお聞きしましたんやけど、ここを出はりまんのですか？　もうどこか行くとこ、決まっておいでやすか？」

「いいえ、親戚もどこもありまへんさかい、これから娘と相談しなあきまへんねん……」

女将は奈都子のうなだれている白い顔のおかっぱの前髪をすくって頭の上に手をのせ、

「可哀想に、まだ気が動転してまっしゃろ。何年生や？」

と言いながら、女将は形の良いおでこと富士額《ふじびたい》を見た。

「四月に中学三年生になったばかりです……」

と静枝が言うのを耳にしながら、女将は頭にのせた手を肩まですべらせ小さな肩を抱くようにして、うなじの後髪を上にあげ、きりりっとした小さな小股の切れ上がった襟足も見た。

「どうでっしゃろ、うちに来はらしまへんか？　ちょうど家のことをしてもろてたお婆さんが来られんようになってしもうたさかい、うちも助かりますねん。お二人で住み込みで来てくれはったらどないどす？　お嬢ちゃんはうちから学校へ行ってもろて、卒業したらよろしおすねん」

静枝は下を向いたまま、

「そうですね……。少し考えさせてもらいます……」

と言葉少なに答えた。

四十九日が済むと、世間を知らない静枝は女将から貰った名刺を眺めながら言った。

「奈っちゃん、どうする？　京都へ行くか？」

「うち、よう分からへんわ……」

「殆どお金はないし、住み込みで働かせてもらえたら、家賃もいらんやろし、食費も少のうてすむかも知れへんしな……大阪は知っている人もいるさかい、誰も知った人がいてへん京都の方が私らにはええかもしれへんなー…」

「お母ちゃんがそう思うんやったら、うちはええで……」

「ほなそうしょうか？　明日、女将さんに連絡してみるわ」

次の日曜日、本当に身の回りの物だけを五個の段ボール箱に詰め込んで、専務に祇園の置屋まで届けてもらい、二人は阪急電鉄の御影駅から電車に乗り、十三駅《じゅうそう》で乗り換え、京都の四条河原町に着いた。

四条通りの松屋の「にしんそば」を食べて一息いれてから、四条通りを八坂神社に向かって歩き、右に折れて花見小路をしばらく歩くと左側の置屋の「千代菊」に着いた。

「よう来はった、さあお上がりやす。奥さんとお嬢ちゃんの部屋はこっちどす」

と女将は先に立って、玄関からすぐ左の奥の部屋に案内した。

六畳の和室に一間の押入れがついていて、廊下を隔てて奥に浴室、洗面所、台所が続き、玄関わきにトイレがあった。台所は廊下のガラス戸で仕切られていて三畳はあったろうか。

和室の押入れの横は半間の空間があり、高さ五十センチ程の地袋がつき、上部は窓になっていて、その窓には引き違いの細い桟の組み込まれた障子が入っていた。

「ちょっと部屋は暗いけど、暗い時は電気をつけてもええで!」

もう二人の段ボール箱は届いていて、部屋の真ん中に置かれている。

「ほな、他の部屋も見てもらいますわ」

と女将は二人を案内した。

玄関は一坪強あり、上り口は四畳の板の間になっていて、その板間から廊下が南側回り座敷に続くが、右側は階段になっていた。左手に六畳の和室、続いて八畳の座敷、その奥にやはり八畳の座敷があり、そこは女将の寝所であった。

南側の八畳の座敷は女将の居間で、玄関脇の六畳の和室は客との対応に使われているらしく、一間の押入れの横に半間の床の間が構えられていた。

「ほな、二階にあがりまっせ、舞妓や芸妓の部屋どすわ」

二階に上がると、そこも四畳の板の間になっていて、板の間の窓は腰高で、欄干がついていた。

「今、舞妓達は遊びに行っているけど、手前の部屋は支度するところで、奥の部屋は寝るところや」

手前の六畳の和室には、南側の窓に向かって三台の鏡台が置いてあり、その横には大きな姿見が鎮座していた。

「奥さんやお嬢ちゃんには舞妓達の蒲団の上げおろし、部屋の掃除、台所をしてもろたらよろしおすねん」

女将は又先に階下へ降りると、

「これから錦に行って、買物のこと教えまっさかい行きまひょか？　大丈夫どすか？」

二人は頷いて外に出て、玄関の鍵をかける女将を待った。

昼下がりである。夏の日差しは容赦なく降りそそぎ、女将は濃紺の透けた着物に白いレース柄の日傘をさあっと広げて先を歩いた。静枝もグレー地の日傘を広げ、奈都子と共に後について行く。

女将はさっさと鴨川にかかる四条大橋を通りすぎると、河原町通りも渡って四条通りを右に折れた。新京極通りである。両側ににぎやかな店が立ち並ぶ通りをしばらく歩くと女将は立ち止まった。

「さあ、この左側が『錦市場』や、京都やったら、ここで全部食材が買えるんや、奥さんのお名前、なんていいはったかいな」

「静枝といいます…」

「そうやな、ほなこれからお静さんて呼ばせてもらうわ。お嬢ちゃんは？」

「奈都子です…」

「そうか、ほな奈っちゃんといいまひょ。この『錦小路』のお店には、私のなじみの店がありますねん。そこを全部教えまっさかい、明日からそのお店でこうてもろたらよろしおすわ。八百屋はここや、女将さんこんにちは！」

「あっ、お母はん！　毎度おおきに、今日は何しまひょ！」

「あんな、今日からこの人に台所を頼みましたんや、明日から買物に来るさかい、あんじょうしてな！」

「そうでっか、よろしゅうどうぞ！」

八百屋の女将は静枝に軽く頭を下げた。その屋の主人は奥にいて、女将は言った。

「あんた、あの人が明日から買いに来るんやて。そやけど横に可愛い女の子がいたけど、あの子、舞妓はんの見習いやろか？　お母はんえらいご機嫌やったで！」

「ほなそうやろ。ちょっと見ただけやけど、京人形みたいな綺麗な子やな。すぐ祇園一の舞妓になるで」

そのあと女将は、左右にある総菜屋や魚屋や漬物屋や、全ての食材がまかなえる知り合いの店を教えてまわり、最後に通り沿いにある店に入った。

「ここは生麩のお店で『麩嘉』という所や、ちょっと疲れたさかい、ここで麩饅頭でも食べて一服して帰りまひょか」

女将は店に入ると、奥の隅の四人席に座り「麩饅頭」を三人前頼んだ。

奈都子には初めての食べ物だった。それは笹で包んであり、笹の軸がぴょんと立っていた。笹をほどくと、丸いよもぎ麩が出てきて、その中にあんこが入っていた。とても美味しかった。今までこんな美味しいもの、食べたことあるだろうか。お茶も頂いて、京都っていい所だなあと思った。四条通りに戻って置屋に着くと女将は言った、

「さっきいろいろ購《こ》おたさかい、早めの夕食を用意してもらいまひょか。殆ど出来合いの惣菜やから、器に入れて並べるだけや。あとはご飯とお清ましだけや」

とそう言って女将は一階の居間を指し示した。そこには六人くらいが座れる座卓があった。


「ただいまー、お母はん!」

「ただいま帰りました!」

三人の舞妓と芸妓が帰ってきた。

「あっ、ちょうどええとこや。あんたら、今日から私らの世話をしてくれる人が来はったで!」

遊びに行っていた彼女達が居間に座ると、静枝に向かって、

「こちらはうちの子らの『小夜菊』、『小菊』、『ひな菊』や」

「そちらの奥さんはお静さん、娘さんの奈都子はんや。これからよろしゅう頼みまっせ！」

三人は、

「どうぞよろしゅうお頼み申します！」

と口をそろえて同時に頭を下げた。静枝も奈都子もあわてて同時に頭を下げた。


その日は六畳の部屋に用意されていた二人分の蒲団を敷いて二人は眠りに就いた。

何かわけの分からない雰囲気の中で静枝は、

「明日は朝六時に起きなあかんな、目覚まし時計をちゃんと合わせせんと……」

「お母ちゃん、学校の手続きもせんとあかんやろ？……」


その後すぐに学校は夏休みに入って、奈都子はぼんやりとした日を過ごしていた。来年には中学を卒業するが、もっともっと勉強がしたい。知りたいことを、もっと知りたい。

しかし転校した学校で、

「あんた、どこから来たんや？」

「御影から…」

「あんた花見小路の置屋に住んでるんやって？」

「……」

「ほな、学校卒業したら、舞妓になるんやろ？」

「まだそんなこと考えてへんけど…」

「あんた、舞妓ってどんなことするか知ってるか？」

「踊りを踊ったりするそうやけど…」

「あほやなあんた、ほんまのこと何も知らへんの？　舞妓はな、『生きた人形』いうて男のおもちゃになるんやで！」

奈都子はそれを聞いて、顔からさっと血の気が引いた。

一体私は、これからどんなふうになっていくのだろう？　舞妓にはならへん！　絶対にならへん！　絶対に舞妓にはならへん！

年が明けて奈都子はいよいよ今年で中学を卒業する。

華やかな新春の舞妓や芸妓のいでたちを眺めながら、重く気がふさいでいた。女将は、

「奈っちゃん、前髪は長くして横でピンでとめていた方があんたには似合うで。おかっぱも肩まで長くした方が可愛いで！」

と、親以上のものの言いようである。

もう卒業の三月を目の前にして、奈都子は二階に上がって一人で過ごしていた女将の娘である芸妓「小夜菊」に言った。

「小夜菊さん姉さん、ちょっと話をしてもかまへんか？」

「かまへんよ、何の話や？」

「小夜菊さん姉さんは、何で舞妓や芸妓になりはったん？」

「そうやなあー…うちが生まれた時、お母はんは芸妓やったんや。お父さんは東京の会社の社長さんやったけど、うちは子供として認知されへんかったんや、戸籍に父親の名前が書いてへんねん。私生児やったら就職なんか出来へんわ、誰も雇ってくれへんやろ？　うちは舞妓になって生きるしか道はなかったんや。ふつう舞妓は四年から五年くらいしたら、襟替えというて、パトロンにお金を出してもろて芸妓になるんやけど、うちはパトロンを持つのが嫌やったから、パトロンなしで芸妓になったんや。うちはお母はんの力や着物が沢山あったさかいそれが出来たんやけど、舞妓から芸妓に一人立ちするには、又それはそれで大変なんや」

「なんで？」

「奈っちゃん、うちらの着る着物や帯、一体いくらぐらいすると思う？」

「わからへん……」

「何百万もするねん。舞妓から芸妓になって一人立ちしても、毎日同じ着物でお座敷に出られへんやろ？　日本には四季があるさかい、柄も裂地《きれ》も季節の折々の着物を着なあかんねん。そやないと、お座敷に呼んでもらわれへんさかいな。うちはお母はんの着物があるさかい、パトロンなしでやってこられたけどみんながみんなうちみたいに出来るとは限らへんわ」

「そうやったら、舞妓になったあとやめられへんの？」

「ううん、そんなことないよ。舞妓になっても三年くらいしたらやめて海外へ行った人もいるし、芸妓にならんとクラブのママをしている人もいるよ」

「小夜菊さん姉さんは、恋をしはらへんかったん？」

「恋？　そうやねエー、ないこともなかったけど……中学生の時、クラスの男の子にちょっと好きな子がいたんやけど、うちはなんとなく舞妓になるなあーと思てたから、もう男の子に興味持つことは止めてん……」

「なんで？」

「舞妓はなあー、『お茶屋』や『料亭』で客に呼んでもろて、踊りを踊ったり、お酌をしたりするやろ？　舞妓を呼ぶと一晩でいくらかかると思う？　十万以上はかかるねん。たいした収入もない男の人と恋なんか出来へんねん。おまけにその男の子のお父《とう》さんは、男衆《こし》というて舞妓や芸妓の着物を着せる仕事やねん。もうめんどくさいやろ？　それ以上男の子のことは考えるの止めたわ。芸妓になって何年かしてから、その男の子が男衆になってうちに着物着せたんや。うちは恋もへったくれもなかったわ。男衆とうちらは親しくしたらあかんことになってるしな……」

「うち、舞妓になりとうないねん……」

「お母はんは、あんたを舞妓にするつもりやで」

「そやからうち、困ってるねん……うち舞妓になりとうないねん……」

「そうやなあー…手はないことないけど、それをしたらえらいことになるで……」

「小夜菊さん姉さん、それなんやのん？　教えてくれへん？」

「そうやなあー…あんた、絶対にうちが教えたこと、誰にも言わへんか？　そのこと守れるか？」

「守る！　絶対に守る！　それ教えて！」

「あのな、舞妓の日本髪は自分の髪でないとあかんねん」

「そしたら？」

「もしあんたが、中学を卒業した時、前髪の長さや後髪の毛がなかったら、舞妓にはなれへんわ。襟足の毛が伸びるまで、五年以上はかかるさかい、後髪を刈り上げたら舞妓にはなられへんな」

「分かった！　小夜菊さん姉さん、絶対誰にもいわへん！　ありがとう、ありがとうございます！」

と奈都子は座り直して両手をついて、深々と頭を下げた。

そして卒業式の当日、奈都子は夕方近くに美容院に行って後髪を刈り上げ、前髪を眉のすぐ上で、横髪も耳の下あたりで切ったおかっぱ頭で置屋に帰ってきた。

女将は浮き浮きしていた。奈都子が今日、中学を卒業したのである。明日から舞妓の稽古を始めなければならない。遅めに帰ってきた奈都子を見て、女将は狂ったように喚《わめ》いた。

「あんた！　何をしたんや！　その頭はなんやねん！」

女将は奈都子の襟足の刈り上がった頭を見て叫んでいた。

奈都子は自分の部屋の隅で身を隠すように泣いている。

「あんた！　何を思てるんや！　あんたを舞妓にするために私は考えてきたんやないか！」

静枝はおろおろして、

「すいまへん、すいまへん、私は何もわからへんかったんどす……」

女将はそこらへんにあった新聞を取って丸めて、奈都子に向かって打ち下ろした。

「何でそんなことしたんや！　あんたそんなことしたら、舞妓になられへんやないか！」

奈都子は小さな頭を両手でかばいながら、下を向いて泣いている。奈都子の白い細いうなじは、刈り上げたばかりの青々とした頭肌を襟足に浮かび上がらせ、一人の少女が自分の人生を小さな身体で守ろうとしている痛々しい姿がそこにあった。

そこに六十半ばを過ぎた小林左兵衛が玄関を開けて入ってきた。

「こんにちは、何をそんなに騒いでんねんなー。お母はん、どうしたんや、なんで大きな声を出してはるんや！」

「やあー旦那はん、えらいことになってしもうて！　この子を舞妓にしよと思て引き取ったんどすわ、そしたら今日中学の卒業式やったんやけど、この子、頭を刈り上げて帰って来たんや！　こんな頭になったら、舞妓にはなられへん。舞妓は自髪で舞妓髪を結わなあきまへんさかい！」

「まあまあそう怒らんと、どうなってんのか話をしてみなはれ。ほな、ちょっと一杯出してんか、つまみは何でもええわ、あるもんでええで！」

女将は左兵衛が居間に座ると、

「お静さんー、お酒燗して一本持ってきて！」

と言ったが、

「いや、燗せんでもええわ。まあそんなに長居せえへんさかい、冷でええで」

「ほなお静さん、冷で持ってきて！」

左兵衛は真顔になって、

「一体、どうしたというんや」

「実は旦那はん、去年の五月のことどすねん。あの子の父親が亡くなりましてな、その人うちのお客さんで、祇園に何年も通うて来てくれてはったさかい、まあ本葬はよういかんかったけど、四十九日はお参りさせてもろたんどすわ。そしたら母親とあの子がおましてな、父親は呉服卸の会社の社長はんどしたけど、御影の家と屋敷が銀行の抵当に入ってて、家を出なあかんと聞きましたんや。ほなうちにお出でと言うて、母親には台所を手伝おてもろて、あの子は舞妓にしようと思てたんどすわ。可愛い顔しているし、おでこも形がいいし、おまけに富士額やし、襟足も小股が切れ上がっていて舞妓にぴったりでしてん。何年生や？　って聞いたら、中学三年生やいうさかい次の年に学校を卒業したら、すぐ舞妓になれるし、しっかり芸を仕込んだら、ええ芸妓になれると思たのに、あの頭では、どうにもこうにもなりまへんわ」

「ちょっと見ただけやけど、あの子、綺麗な顔してるな」

「あの子、勉強がよう出来ますねん。今まで成績表持って帰ってきやったから、ちょっと見せて言うて見たら、オール五でんねん。ある日、舞妓はんどう思う？　って聞いたら、『うち、勉強がしたい』と言いますねん。そやけどあの子を舞妓にしたら、祇園一の舞妓になるなあと思て、なんやかんやうまいこと言うて舞妓にしようと思てたんどすけど、もうあきまへんわ……。舞妓にならへんかったら、芸妓にはなられへんし、芸妓にならへんかったら、私には一銭も入ってこうへんしなー…」

「そうやなー、あんだけの器量やったら、祇園一の舞妓や芸妓になれるかもしれんなー」

「この頃の若い子は何を考えてるのか分かりまへんわ。うちの娘も芸妓になったっていうのに、パトロンを持ちまへんしな…ええ旦那のお世話になったほうが、幸せになると思うんやけど……」

「そうやなー…」


小林左兵衛は京都で呉服商をしていて、日本の高度成長の波にのって、稼ぎに稼いだ。四条通りに面した店舗も大きく構え、息子に社長の座をゆずり、今は会長となって祇園遊びをしている。花見小路のなじみの置屋をちょくちょく回って、気に入った舞妓がいないかと物色していた。

その日も「千代菊」の置屋に遊びがてらに来て、この騒動に出くわしたのである。

「あの子、わしが引き受けよか?」

「えっ？　どうしてでっか？」

「いやー、わしには女の子がいてへんし、勉強したいんやったら勉強させて、賢い子にしたらええがな。なんぼ顔がきれいでも頭の空っぽな娘《こ》はもう厭《あ》きたしな」

「そやけど、そうなったら襟替えのような具合にはいきまへんなあー…」

「お母はん、大丈夫や。損はさせへんで。お母はんにもそこそこ出しまっせ！」

「そうでっか、ほな、あの子に話しまひょか？　お静さん、ちょっと奈っちゃんと一緒にここに来てんかー」


　静枝はまだ泣いている奈都子と共に座敷に入り、入り口近くに二人は並んで座った。

「あのなー。こちらの旦那はん、小林左兵衛はんいうて、呉服屋の会長はんやねん。奈っちゃんが勉強したいって言うてるって言うたら、引き取って勉強させてくれるて言うてはるけど、どうや？」

　静枝は初めて聞いた話で、啞然としていたが、

「そのお話、どういうことですか？」

「あのな、奈っちゃんはもう舞妓にはなられへんやろ？　私もどうしたものかと思てたら、

こちらの旦那、左兵衛さんが引き取って高校に行かせてくれはると言うてはんねん」

「……」

　静枝は目を伏せたまま黙っていた。

「引き取るいうても、怖いことあらへんで！」

　静枝は目を伏せたまま、

「私と娘は離れ離れになるのでしょうか？」

　その時になって左兵衛は口を開いた。

「どっか、そうや、嵯峨野あたりに家を購《こ》おて、奈都子はんか？　奈都子はんとお母はんが一緒に住んだらええんや。そこから高校に行ったらええのや。生活費や学費は全部わしが出したるわ」

　女将はニコニコして横から言った。

「どうや？　ええ話やろ？　奈っちゃん、高校にも行けるで？」

　静枝は当惑しつつ、

「今晩一晩考えさせてもろてもよろしゅおすか？　この子と相談しまっさかい……」

「そらええわいな、奈っちゃんとよう相談したらええわ。さあ、もう話は終わったで！」

静枝と奈都子は深く頭を下げて挨拶をし、座敷を出て自分達の部屋に戻った。

「ほな、とりあえず今日は帰るわ。次来る時、挨拶を持ってくるわ。返事を聞いたら、また連絡してな」

と左兵衛は座を立った。女将は、

「いろいろとすんまへんなあー」

と言いつつ、玄関まで左兵衛を見送った。


部屋に戻った静枝はペタッと畳にヘタった。ことは思わぬ展開になったのである。

「どうする？　奈っちゃん、舞妓になられへんさかい、ここにはおられへんし、お母ちゃんが働いても高校には行かせられへんやろし……」

奈都子は下を向いたまま言った。

「お母ちゃんが、私名義で五、六百万円でも預金しておいてくれたら、六畳一間のアパートでも何とか高校ぐらい行けたんや。あんなに毎日毎日遊び歩いて、着物もぎょうさん作って、何で私に預金しといてくれへんかったんや！」

と奈都子は激しく泣いた。

「かんにん、かんにん……まさかこんなことになるなんて、思てへんかったんや……お母ちゃんが、もっとしっかりしてたら良かったんや、かんにんしてや！」

と静枝も共に泣きくずれた。奈都子は涙をぬぐうと、

「うち、これからどうなるか分からへんけど、学校へ行かせてもらえるんやったら、そうするわ……」

静枝は涙ぐみながら、

「そうするか？……」

奈都子はきっと顔を上げて、

「うん、そうする！」

と言い切った。

嵯峨野の里

左兵衛が嵯峨野に風情のある一軒家を見つけるまでには、そんなに時間はかからなかった。家が見つかるまで、今まで通りに祇園に置いてもらうことになっていたが、女将は上機嫌であった。

「今日の夕方、旦那はんが来はるで！　旦那はんの知り合いが『ノートルダム女学院』の理事長はんやて。もうちゃんと話はついていて、四月から『ノートルダム女学院』に行けるんやて、奈っちゃん、あそこは名門の学校やで、良かったなあ。もうそろそろ来はるさかい、そこに座ってなはれ。お静さん、料理の用意しといてや！」

「はい……」

静枝は言われたように、舞妓達の食事の後片付けを済ませた後、仕出し屋から届く料理を待って、他に取り皿や箸置きや杉箸などを揃えていた。

奈都子は女将の言ったとおりに、座敷の下座に座って左兵衛が来るのを待っていた。

「こんにちは！」

と左兵衛の声がして、女将は慌てて玄関に飛んで行き、

「まあ旦那はん、お待ちしとりましたんや、さあ、お上がりやす」

左兵衛は女将の居間に入ると、そこに座って頭をうなだれている奈都子をチラッと見て、

「あんじょう何もかも上手《うま》くいったわ、『ノートルダム女学院』の理事長はんがな、奈都子はんの成績表を見て、

『えらい賢い子やなあー』

言うて、ビックリしてはったで。学校の制服、カバン、皆すぐ揃えたらええで。な、奈都子はん、それでええやろ？」

奈都子は下を向いたまま、うなずいた。

女将は、

「さあこれから、新しい門出のお祝いや。お静はん、もう料理届いてるやろ！　全部運んでや」

それを聞いて奈都子は座を立ち、台所に行った。

「どれから出すんや？」

「今、お酒の用意してるさかい、奈っちゃんはお箸や箸置きや先付を出してんか」

奈都子は言われた通り、それ等をお盆にのせて居間に運んだ。

「あのな、お母はん、理事長はん成績表を見て、ビックリしてはったで！『ノートルダム女学院』はお嬢さん学校やさかい、品のええきれいな賢い子になるで！」

「そうやなー、奈っちゃんも旦那はんにめぐり合うて、幸せになるわなー」

奈都子は次々に料理を運びながら、二人の喜びあっている様子を見て、台所の母親の顔を見上げた。静枝は目を潤ませながら、最後の料理を盆にのせた。


三月の下旬には嵯峨野の一軒家に引越しをした。七十坪程の庭があり、静かな佇まいである。

腰丈ほどの生垣には四つ目垣の竹が組んであり、案内した左兵衛は、

「もうこの頃はこんな生垣あらへんなあー、この垣根は卯の花垣やで、めずらしいもんや、五月になったら白い可愛い花が咲くで」

家は二階屋である。築十数年は経っているだろうか。玄関は細い格子戸にくもりガラス

が入っていて、左兵衛は鍵を出して開けた。

「家の中はきれいに掃除してあるさかい、大丈夫や」

と言いながら、

「入って見、ここが八畳の座敷、隣が六畳の居間と台所と風呂場や。玄関から右が階段やけど、便所は階段の横や」

左兵衛は二階にあがって、

「窓を開けて見てみ、見晴らしがえぇやろ?」

左兵衛は満足げに、南面に広がる明るい日差しの、まだ田畑や民家が点在している風景を眺めていた。

「ここはバス停も近くにあるし、買物もそんなに困らへんで! 学校は南禅寺の近くやけど、ちゃんと通える所や。荷物はあとから来るし、配達屋には家の中まで入れてもらうように言ってるさかいな。あっそうや、二人の蒲団はこの押し入れにもう入ってるで」

「すいまへん、こんなに何もかもしてもろうて……」

「今日はこれでわしは帰るけど、二、三日したら又様子見にくるわ。今日の晩は料理屋に作らせた弁当、二つ用意して台所に置いといたで。ほな、帰るわな」

と左兵衛は待たせておいたタクシーで自宅に戻った。

二人はその後届いた段ボール箱を開け、衣類等を二階の部屋に運び、雑多の物を部屋の片隅に寄せ置くと、

「和ダンスや整理ダンスがいるなあ、ちょっと落ち着いたら買いに行こか」

「お母ちゃん、姿見や鏡台もいるで。私の勉強机もいるし……」

「そうやな、それくらい買えるお金はあるわ。さっき旦那はんが、当座の生活費や言うて、三十万渡してくれはったさかい」

「ふーん、学校の入学金や学費、どうなってるんやろ……」

「全部、旦那はんが出してくれはったんやて」


奈都子が女学院に入学してしばらく経ってからのことである。帰りのバスに乗った時、見覚えのある女生徒が乗ってきて、隣に座った。

「伊藤さんやろ？」

「はい……」

「うち、増田由美子って言うねん。同じクラスやろ？」

「はい……」

「どこまで乗るんや？」

「嵯峨野まで……」

「うちは西陣や、うちは機屋《はたや》やねん。家は帯を作ってるねん、あんたとこ何してんの？

お父さんサラリーマンか？」

「父は亡くなりました……」

「そう……、ほな今お母さんと暮らしてるんか？」

「はい……」

「あんた、うちに遊びにこうへん？　そうや、土曜日がええわ。あんた、お母さんに友達の家に遊びに行くって言うといでえな。一緒にお昼食べて、夕方帰ったらええやんか！

うちの近くにおうどんの美味しい店があるねん、なっ？　そうしよ！」

奈都子は下を向いたままうなずいた。バスは西陣の停留所で止まった。

「ほな、今度の土曜日やで！」

増田由美子はバスから降りていった。由美子は京人形のような奈都子を一目見た時から、興味を持っていた。おかっぱ頭で後ろを刈り上げているのが、何か都会的だった。まなざしが知的で、不思議な感覚だった。

「あの子、うちらと違うな」

クラスの誰もが感じていた。誰かが言った、

「そやけど、言葉は関西弁やで。ほんなら神戸あたりの子やろか。ものすごう、ええとこの子みたいやな」

「ノートルダム女学院」は昭和中期に近江商人・藤井彦四郎が京都を代表する女子学校とした名門校である。教育に熱心な家庭や裕福な子女が通っていた。因みに「ノートルダム」とは「我々の貴婦人」の意で、「聖母マリア」を指す。

増田由美子は奈都子にとって、京都に来てからの初めての友達であった。

由美子は髪を長く伸ばしていて、前髪と共に真ん中から半分に分けて三つ編みにし、肩まであった。端正な顔立ちに聡明な目は二重まぶたでパッチリしていた。

次の土曜日、二人は学校が終わると連れ立ってバスに乗り、西陣で降りた。

「まずあんたを親に紹介するわ、うちに来てんか」

間口二間ほどある家の格子戸の上に、「増田工房」と書いた扁額がかかっていた。戸を開けると、薄暗い家の奥から、カシャカシャカシャという機《はた》の音が聞こえている。

「カバンはうちの部屋に置いとこ、うちの部屋は二階やねん」

と由美子はそう言うと奈都子を二階にいざなった。二階はほの暗かった。六畳の部屋は天井が低く、十分な採光がなく、勉強机には電気スタンドが置いてあった。そして北側の壁は二間の書棚になっていて、ビッシリ本が並んでいた。

「この部屋はな、叔父さんの部屋やったんやけど、叔父さんは結婚して今東京に住んではるねん。うちがこの部屋もろてん」

「本が沢山あるんやね」

「いろいろ難しい本ばっかりや。うちのお父さんと違ごうて、叔父さんは頭が良かったから、東京の上智大学へ行ったんやて。これみんな叔父さんの本やけど、うちにくれると言うてたわ。もし伊藤さん、読みたい本あったら貸したるで！」

奈都子は古びた風格のある背表紙を見ながら、

「世界文学全集や日本文学全集、全部あるんやね……」

「工場《こうば》見せるわ、いこ」

二人は下に降りて靴をはくと、

「お父ちゃん、お母ちゃん、学校の友達で、伊藤奈都子はんや！」

由美子の母親は手を休めて、

「おいでやす、ようおこし、由美ちゃん、お茶出さなあかんな」

「要らん要らん、うちらこれからおうどん食べに行くさかい」

従業員は三人程いただろうか、広い空間に、織機が数台並び天窓の明かりが工場を明るくしていた。

二人は近くのうどん屋に入った。店の入り口の前には南天や細い竹やお花や、いろいろな植物の植木鉢が並べられていた。

「おばちゃん、こんにちは。なあ、おうどんは何にする？　なんでも好きなもん、言うたらええねんで。お代はつけやさかい心配いらんで。うちは海老の天ぷらうどんにするけど、一緒でええか？」

奈都子もうなずいた。

そのあと又由美子の部屋に戻り、由美子は言った。

「伊藤さんのこと、名前で呼んでええ？　うちのこと、由美子って言うてええで！」

「じゃ、由美ちゃんって言う？」

「そうや、ほなうちは奈っちゃんと言うてええか？」

二人は「うん」というようにうなずいた。

「京都に来る前どこにいてたんや？」

「御影に住んでた……」

「御影いうたら、阪神地区の高級住宅地やんか。うちのお客さんにも、御影の人がいてはるってお母ちゃん言うてたわ」

「中三の時、父が病気でなくなってん……」

「ほいで京都に来たんか？　人のうわさやけど、祇園にいてたんやて？」

「うん……」

「今なんで嵯峨野にいるんや？」

「祇園に置いてもろてた家は舞妓や芸妓の置屋やったんや、そこの女将さんはうちを舞妓にしようと思ておいてくれてはったんや」

「奈っちゃんは舞妓にならへんかったんか？」

「うち、転校した中学校でクラスの子に言われたんや、『あんた、舞妓になるんやろ？　男のおもちゃになるんやな！』って……」

「そうやなー、この近くにも上七軒いうて祇園と同じような花街があるけど、みんなそう言うなあ……。なんで奈っちゃんは舞妓にならんですんだんや？」

「舞妓は自髪で舞妓髪を結わなあかんと聞いて、結われへんようにおかっぱにして、後ろを刈り上げたんや……」

「それでその頭やったんか、うち初めて奈っちゃんを見た時、ものすごい都会の女の子やと思たわ。ほんなら今、誰かの世話になって嵯峨野にいるんか？」

「舞妓にならんでええ、学校に行かしてやるという旦那はんがいて、うちら親子の面倒を見てくれてはんねん……」

「ほな、奈っちゃんはもう女になったんか？」

「まだなってへん。嵯峨野に来た時、お母ちゃんが泣いて旦那はんに頼んでくれてん、『どうか学校を卒業するまで、堪忍してもらわれへんやろか……』言うて……」

「そしたら？」

「その旦那はん、

『うん？　別にかまへんで、わしには女の子がいてへんさかい、女の子が出来たと思て賢い子に育てるわ』

　と言うてくれはって、今お父さんていうてるねん……」

「ほんなら、学校を卒業するまでのことやな。大学はどうするねん？」

「うちは大学には行きとおない。きっと、もうみんなとは違うやろし、他の人みたいに恋をしたり、人を好きになったり出来へんし……」

「そうやなー……」

　二人はしばらく黙っていた。奈都子は目を伏せたまま下を向いてうなだれている。

　由美子はギリシア彫刻のような洋風な顔立ちで、髪の毛も曲毛があり色も少し茶っぽかった。物言いも大人びている。由美子は少し西に傾いた日差しが虫籠窓《むしこまど》を明るくしているのを、ぼんやり眺めていたが、

「男に育てられて、女になる話、昔からあるなあー。そうや古い時代やったら『源氏物語』や、みんな光源氏をええようにいうてるけど、源氏は継母と関係を持って自分の子供

を生ませて、その継母に似た小さな女の子を無理矢理ひきとって、自分好みの女に育てるんやけど、年頃になったら女にするんや。まだその子を妻として大切にしたんやったらえぇで、光源氏は違うねん。女にした人には、ああやこうやといろいろ言い訳を言うて、次々と女あさりをするねん。なんぼ皇族かどうか知らんけどハレンチな色男の話や、どの時代でも同じようなことはあるけどな。ドストエフスキーの『白痴』っていう本、読んだ？」

「まだ読んでへん……」

「それはな、主人公を好きになる美しい人のことなんやけど、子供の頃孤児になって、ある男に養われて、その男に女にされてしまうんや。そういえば日本でもそんな話あったなあ……奈っちゃん『川島芳子』って知ってるか？」

「知らん……」

「その人はな、中国の清王朝の最後の王族の第十四王女に生まれたんやけど、六、七歳の時『川島浪速』という人の養女になって日本に来たんや。十七歳の時、その養父に女にさせられたんや」

「それでその人、どうなったん？」

「何や知らんけど、満洲国を樹立した日本の軍部に入り込んで、いつも軍服を着てて『男装の麗人』といわれて中国と日本の間を二重スパイしていて、中国で銃殺されたわ」

「あんまりええ生涯やないね……うちもいつ女になるか分かれへんし……」

「気つけて暮らしや、うまいこと言うてても男はいつ豹変するか分からへんで！」

「そうやねん……由美ちゃん、このこと誰にも言わんといてな！」

「分かってる、分かってる。誰にも言わへんで！　奈っちゃん、うちと親友にならへん？うちら親友になって、助け合っていかへんか？」

　奈都子も大きくうなずいた。

「うちな、奈っちゃんを初めて見た時、親友になりたいなあーと思てん！　良かったわ。うちな、来月から近くの先生の所でお茶のお稽古するんやけど、奈っちゃんも一緒にせえへんか？」

「うちもしたいけど、一応お父さんに聞かんとあかんわ……」

「ほな聞きいな、一緒にお稽古しよっ！」

「うん……」

奈都子は嵯峨野の自宅に帰ってから、夕食時に静枝に言った。

「お母ちゃん、今日西陣のクラスの友達の家に行ったんやけど、その子、由美子ちゃんていうねん。来月からお茶のお稽古するんやて、うちにも一緒にせえへんか？　て言われたけど、うちもお茶のお稽古してもかまへんか？」

「そら、お月謝というても大したことないやろからええと思うけど、一応旦那はんに話をしとかんとな……」

「うん……」


次の週に左兵衛がやって来た。

「何か、要るもんないか？」

「タンスも鏡台も机もみんな届けてもろたし、大丈夫どす。台所用品も全部買わせてもらいましたさかい……」

「そうか、ほんなら良かった。奈都子はんの学校の方はどうや？」

「クラスの人はみんなええとこの子やそうで、仲良うしてもろてるみたいです……」

「そうか、それは良かった！」

「旦那はん、奈都子が西陣の友達から、一緒にお茶のお稽古に行かへんかいうて、誘われてますけど、行かせてよろしおすか?」

「そりゃええがな。茶の湯はわしもしてるけど、女の子にとって、お茶ほどええもんはないわ。家で躾《しつけ》せんでも、お茶の稽古さえしてたら、大人になっても恥をかくことはないさかいな」

「ほな、そうさせて頂きます……」

「お茶の稽古を始めたら、束脩《そくしゅう》やら盆暮の挨拶やら、お茶会のつきあいやらいろいろあるさかい、月の手当も多くしとくわ。正月の初釜の着物も要るな」

「おおきに、ありがとうございます……」


五月に入って、奈都子は由美子と共に土曜日にお茶のお稽古に通うようになった。

もちろん最初は稽古場の襖の開け閉めや、出入りの仕方、床の間の拝見の仕方、畳の歩き方など、初歩の基本の説明を受け、一通りの練習もし、茶の湯の心得などの話も聞き、お菓子やお茶の頂き方も教わった。

二人共、学校の制服に白いソックスをはき、用意してもらっていた茶の湯グッズと茶扇子を持って、言われた通りに客座に座った。

茶の湯の先生は、五十代の女性だった。大変聡明なおもざしで、髪を後ろで夜会巻きに束ね、身のこなしにも品があった。

「一度に沢山教えても、すぐには頭に入りまへんやろ。日本の芸能は、全部体で覚えるもんどす。それを難しい言葉で『型の文化』といいますねん。根気良く、一つずつ体で覚えなはれ。いくら頭で覚えても、体で覚えてへんかったら、少しも身につきまへんねん。頭で覚えたものは、確かに順番はその通りにできるかも知れへんけど、形がさまになってまへんねん。順番も時間をかけて覚え年月《としつき》を経て、やっとその仕草に風情というものが身につきますねん。順番を覚えて、それでお茶が分かったと思たら、大間違いどす。挨拶一つその人の生活環境や人柄が出ますねん。ええとこのお嬢はんは、言葉使い一つ品がありまっさかいな」

二人共、神妙な面持ちで先生の話を聞いている。土曜日の午後からの稽古は、午前中の奥さん方の稽古が終わって、仕事帰りの若い人達の生徒もまだ来ていなくて、二人だけの丁寧な特訓のようなありさまであったが、先生もゆっくり教えられることの安堵感もあって、二人の女学生の素直な幼なげな表情がことのほか気に入っていた。

又、日を置いて左兵衛がやって来て言った。

「お母はん、奈都子はん、ここの嵯峨野を散歩しはったか？」

「いえ、まだ歩いたことおまへんねん……」

「そうか、すぐ近くに『落柿舎《らくししゃ》』があるし、春は春、秋は秋でええとこがあるで。わしも暇な時は一緒に歩いてもええけど、もう秋や来年の着物の展示会の準備があってな、ちょっと忙しいねん。奈都子はん、お母はんと嵯峨野を歩きなはれ。そうや、奥の方に行ったら、『二尊院』というお寺があるんやけど、そこにはな『藤原定家』のお墓もあるんやで！」

「ほな、時間が出来たら、散歩に行かせてもらいます……」

「そうや、そうしたらええ」


左兵衛が帰ると、静枝は奈都子に言った。

「旦那はんが言うてはったけど、この嵯峨野にはいろんな見所があるそうやで」

「うん、知ってる、うち今、京都の旅の「嵐山」の所見てるんやけど、ほらお母ちゃん、この地図見てみ、家のすぐ近くに『落柿舎』があるで！」

「『落柿舎』て、何や？」

「ここに書いてあるけど、『松尾芭蕉の高弟、向井去来が結んだ庵』やて。すごいわ、その先に『常寂光寺《じょうじゃっこうじ》』、『二尊院』、『祇王寺』や。今度の日曜日、お母ちゃん一緒に行こう。お昼も食べるとこ、いろいろありそうやし、湯豆腐って書いてあるお店もあるわ！」

「そうか、ほなそうしようか」

静枝は奈都子の嬉しそうな顔を見て、ほっとしていた。


次の日曜日は五月の連休が終わっていたが、嵯峨野は観光客であふれていた。

「お母ちゃん、もう少し後にした方がよかったなあ……」

「えらい人やな……」

奈都子は言った、

「いろいろ行くのは今度にしよ。今日は『大河内山荘』の庭園だけ見て、ゆっくりしよ。うち湯豆腐も食べたいけど、この本には嵯峨野豆腐『森嘉』って書いてあるわ」

「遠いんか？」

「『清涼寺』の近くやけど、歩いて行ける所やで」

「ほな、お庭を見てから行こか」


五月の三週目の日曜日に二人は「常寂光寺」から奥嵯峨の散策に入った。少し遠回りをして「野宮神社」の黒木の鳥居を見て進むと、竹林の道はきれいに整備され、さわさわと音をたてていた。

「常寂光寺」は品格のある静かなたたずまいのお寺である。名前の由来は、仏教の理想郷「常寂光土」からとられているといい、小倉山の中腹に広がる境内は、藤原定家が百人一首を編んだ山荘跡と伝えられている。

二人は奥嵯峨の道を歩み、「二尊院」の境内に入った。向こうに見えるお寺の石の階段まで広く砂利が敷き詰められており、その道幅は何メートルあるのだろうか。

「広い道幅の境内やな、今までこんなお寺来たことないなー」

静枝は門の左側の日陰に立って、今まで目にしたことのない光景をながめていた。

「あの向こうに見える石段も普通見たことないわ。このお寺に『藤原定家』のお墓があるんやて」

二人が堂の中に入ると奈都子は言った。

「お母ちゃん、二つの仏さんが並んでいるさかい、『二尊院』っていうのやね。仏さん、ちょっと前の方に傾いているでー」

「仏さんが前の方に傾いているのは、衆生を救うために現われたんやから、衆生に近づくためやと言われてるなー」

二尊院は小倉山の麓にある嵯峨野屈指の古刹で、嵯峨天皇が建立し二条家、鷹司家といった公家の菩提寺となっている。「定家」の墓があるのは「定家」が二条家の家人《けにん》であったからであろうか。

そのあと、「祇王寺」に入った。緑一色の苔庭が一面に広がり、楓の木が苔庭に林立し、楓の葉が一面に広がり、空との空間を閉ざしながら、そこかしこに空の色を見せて風を通していた。

「お母ちゃん、このパンフには、平清盛の寵愛を失った白拍子の姉妹、『祇王』と『祇女』と母親の『刀自《とじ》』が仏門に入ったお寺と書いてあるで。そしたらそのあと、清盛の寵愛を受けていた『仏御前』も世の無常を感じ、又ここに来て仏門に入ったんやて」

「そうか、昔の女の人は男の人の思い一つで、人生が変わるさかい、世の中の無常を感じることは、今よりもっと強かったやろうなー…」

そして二人は「あだし野念仏寺」まで足を延ばした。


ここは約千二百年前、弘法大師空海が無縁仏の供養のために開創されたと伝えられ、明治になって一千もの石塔や無縁仏や石仏が祀られている。


「お母ちゃん、なんでお地蔵さんに赤いよだれかけがかけてあるんや？」

静枝は寺の広い境内に、石仏がびっしりと並んでいるさまを眺めながら、

「お地蔵はんは子供の仏さんやねん。お地蔵はんによだれかけがかけられたのは、幼い子供を亡くした母親がお地蔵はんに連れられて子供が三途の川を渡る時、お地蔵はんが間違いなく我が子を連れて行ってくれるようにと、我が子のよだれのついたよだれかけをお地蔵はんにかけたのが始まりやと聞いてるな」

「何で色が赤いねん？」

「赤は魔よけの色やさかい、赤になったんやろなー。いつの時代も親が子を思う気持ちは同じやなあー。ちょっと、よう歩いたな」

と、静枝は少し足をさすった。

「お母ちゃん、くたびれたから、あそこの茶店で一服しようか？」

奈都子は緋毛氈《ひもうせん》が敷かれた縁台に腰をかけた。

「おいでやす、お茶どすか？」

「はい、二人前をお願いします」

「お抹茶もおますけど」

「じゃあ、お抹茶をお願いします」

抹茶と小さな落雁が二つ入った木皿が共に出された。

「あのー、『平野屋』というお料理屋さん、まだここから遠いですか？」

「そうどすなあー、十分程歩いたら行けると思いますけど……」

「お母ちゃん、十分程やって、もう少し休んだら行こか？」

「ほな、そうしよう」


「平野屋」は、四百年の歴史を持つ鮎料理の専門店で、山・川・野の幸をふんだんに使った旬の料理を提供している。

街道沿いに店を構え、店の側面に大きな路地傘をつり、店前には緋毛氈の縁台が二台設えられ、奥嵯峨の風情を十分にたたえていた。

二人はその店に入り、

「あのー、予約はしてないんですけど、二人入れますか?」

「はい、ちょうどお座敷が空いておます。どうぞお上がりやす、ご案内いたします」

と言って、仲居は庭の見える座敷に二人を通した。

静枝はお品書きを見て、

「奈っちゃん、どれにする?」

「松・竹・梅やなあー、うち竹でええわ」

「そやな、竹にしよか」

料理が運ばれてきて、一口食べると静枝は、

「こんな美味しい料理、祇園でもあまり食べへんかったなあ」

と言い、ほっとしたようにほほえんだ。

「うちも美味しいもの食べた時、京都にきて良かったなぁーといつも思うわ」

と奈都子もニコッとした。

しかし、奈都子の表情は、苛酷な運命を背負いながら、少女のような面影を残しつつも、いつ切れるかも分からない細い細い糸のようであった。


「ノートルダム女学院」の三年間は、あっという間であった。

親友となった由美子との出会いが、他のクラスメートとの間も、心配することなく過ごせた。由美子は叔父が卒業した東京の上智大学に合格し、最後の日を迎えた時、

「奈っちゃん、うちは東京へ行くけど、奈っちゃんは京都にいるんやなー」

「うちもいよいよわけの分からん人生を歩むことになるわ……」

「奈っちゃんも一緒にうちと東京へ行けたらええのになー。奈っちゃん、誰か好きな人をつくって、逃げたらどうや？」

「そんなことしたら、お母ちゃんが困るから出来へんわ。うち、お母ちゃんを見捨てること出来へんさかい……」

「そうやなー、何とかならへんかなー…」

奈都子は考えていた。私はいつ命を絶ってもいい、気にそまない人生など生きたくもない。母親の静枝もそのことを察しているらしく言った、

「もし、奈っちゃんが死のうと思たら、その時はお母ちゃんも一緒やで、そのこと忘れんといてな！」


奈都子が女学院を卒後した日、左兵衛は近くの仕出し屋から三人前の祝膳を予約していて、夕方近くにやって来た。

「お母はん、仕出し屋から料理は全部届くで。今日は奈都子はんの卒業式や、みんなで卒業のお祝いをしよか？　奈都子はんは帰って来たんか？」

「もうすぐ帰って来ると思います。きっと、友達と最後のお別れをしてると思います……」

「そやな、三年間、あっという間やったな……」　そこに奈都子が帰って来た。

「ただいま……」

奈都子は玄関の左兵衛のぞうりを見て、もうどうにもならない人生が待ち受けていることを察した。

「ああ、奈都子はんおかえり！　卒業おめでとうはん。すぐ料理がくるさかい、祝膳で卒業をお祝いしまひょか。お母はん、もう準備始めてや！」

「はい……」

静枝は八畳に設えた座卓を布巾で清め、グラスや盃や箸置き、杉箸などを置き揃えた。

裏口から、

「お待ちどおはんどす！　花膳どす！　上がらせてもらいます！」

と言って、仕出し屋が料理を運んできた。静枝はすぐ台所に飛んで行き、

「おおきに、ここに置いてくれはったらよろしゅおす」

奈都子は手を洗って、制服を脱がないまま、料理を長盆にのせて八畳の座敷に運んだ。

ビールや先付や向付等が運ばれて三人は座についた。

「ほな、奈都子はんの卒業を祝って、乾杯！　おめでとうはんどす！」

左兵衛は華やかな声をあげた。ビールから日本酒に変わり、仕出し屋は台所を仕切って、次々と料理を出す。静枝は頃を見計らって席を立ち、料理を運んだ。

祝いの席は一時間半ほどで静かになった。仕出し屋の板場も帰っていった。左兵衛は上機嫌であった。

「今日はええ気分やなあー、奈都子はんは女学校を卒業して、大きゅうなったし、ますます綺麗になったしなあー」

奈都子は目を伏せたまま、黙って食事の終えた座卓に座っていた。奈都子の黒い瞳は涙で潤み、膝の上に置かれていた手はかすかにふるえている。しばらくして奈都子は言った。

「お父さん！　私に五年間の時間を頂けませんか？　五年間だけ、五年間を私に下さい！　そのあとはお父さんの言う通りにします。私の一生のお願いです！　五年間だけ、私の思う通りに生きさせて下さい！　お願いします、五年間だけ……」

左兵衛は、えっ？　という顔をして、

「五年間って、ほんなら奈都子はんはいくつになるんや？」

「五年たったら、私は二十三歳になります……」

「二十三歳か……、その間、奈都子はんは何をするんや？」

「私、やりたいことをしたいのです……」

「ほな、何をするねん？」

「日本人として生まれたんやから、日本の歴史や伝統文化、お茶のお稽古も、もっともっとしたいと思います……」

「そのことをするのに、先生は要るんか？」

「難しい勉強やったら、先生はいてはるほうがええかもしれへんけど……」

「そうやなー、この頃奈都子はんのこと、娘のように思てるしなあー。よし、奈都子はんの好きなようにしなはれ。先生もみんな頼んだるで！　お茶は偉い先生に頼んだるわ。奈都子はんが何をしたいのか、よう考えなはれ！　これから着物も沢山作ったるで、まあ今日はこれで帰るわ。お母はん、車呼んでんか！」

「はいっ！」

静枝は居間の電話に飛びついた。

左兵衛の帰ったあと、二人は抱きあって泣いた。

「奈っちゃん、良かったなあー」

「そやけど、お母ちゃん、うちの人生、あと五年しかないねん……」

源氏物語

奈都子は左兵衛が帰ったあと、気を鎮めてしっかりと考えた。私の人生はあと、五年間しかない。一体自分は何をしたいのか、この五年間をどう生きたいのかー。

そして、一つ一つ自問した。まずは自分の生まれた日本の国の歴史を、そして文化を……、文化なら何を？　書、陶芸、華道、茶道、文学、絵画、そして他に何？

「お母ちゃん、日本の文化って、どんなもんがあるんや？」

「そうやなあー、和歌や香道、華道や能楽、茶道や歌舞伎やろ？　書道もあるなあー」

「五年間しかないさかい、あんまり手は広げられへんわ。中途半端より、しっかり納得がいくようにしたいわ」

「奈っちゃんは、何が好きや？」

「まずお茶やお花が好きや、次に本が好きやさかい、歴史や文学がええわ」

「今度旦那はんが来はったら、きちんと言えるようにしとかんとあかんなあー」

「うん、ちゃんと考えとくわ。お母ちゃん、うち着物も着たいわ。お茶のお稽古に着物を着て行きたいねん。着物を着てた方が、仕草がビシッと決まるねん」

「旦那はんとこ、呉服屋さんやさかい、何か疵物《きずもの》の安い反物でお稽古着、作ってもらえたらええな」

「この間、これからは着物を沢山作ってくれはるって言うてはったけど……」

「それはそうやろけど、何というても、着物は高いさかいな……」


数日後、左兵衛がやって来た。左兵衛は座敷の座卓の前に座ると、

「どうや？　奈都子はん、どういうことをするのか決まったか？」

静枝はお茶を出した。奈都子はおもむろに、

「まず日本の歴史と文学を勉強したいと思います。お茶も本格的にお稽古をして、師範となれる『茶名』を習得したいと思います。お花も好きやから、お花のお稽古もしたいと思います……」

「ほな、歴史や文学はどういうふうに勉強するんや？」

「本を読みます……」

「自分で本を読んだだけで、勉強出来るんか？　やっぱり誰か先生に来てもらわなあかんやろ？　京大の先生に来てもらおか？　ほんなら、文学はどうするんや？　文学も先生を頼むか？」

「……」

奈都子は黙って下を向いた。左兵衛は言葉を続けた。もう実の娘のような慈愛が心を満たしていた。

「お茶は今習《なろ》てる先生のところでええんか？」

「そう思てるけど、今の先生はお茶を点てる所作や順序だけやさかい、もう少し深いことを勉強したいと思います……」

「そうやなあー、わしがよう知ってる先生、偉い先生やねん。家元の直弟子やというさかい、深いことは勉強出来るわな。お花は何流をしたいんや？」

「お茶室に生けるお花を習いたいけど……」

「茶室に生ける花やったら、『西川一草亭』やな。あそこは教室があるさかい、そこへ通たらええわ。まずはそんなもんか、他にええ教室があったら、又考えたらええがな」

左兵衛は京都大学に知り合いがいて、歴史と文学の先生を頼むことにした。

奈都子は本屋に行って、まずは「万葉集」を読もうとそれを買った。むろん原文と現代語訳付きである。

奈都子は午前中三時間、昼食のあと二時間、休んでお茶にして又二時間、夜は二時間、一日九時間を読書に費やした。

静枝は言った、

「そんなに本を読んで、体にさわらへんか？　もう少しゆっくりしたらどないや？」

「きつなったら、ペース落とすわ。お茶やお花のお稽古の日は、本を読むのは夜だけにするから大丈夫や。万葉集は一週間で読み上げるわ」

「万葉集いうたら、ただ歌が書いてあるだけやろ？　その歌、覚えたりするんか？」

「学校で『額田王《ぬかだのおおきみ》』の歌を習たけど、好きな歌はすぐ覚えられるわ。別に万葉集の歌を全部覚えようとは思てへん。万葉集には短歌だけでなく、長歌もあるし、その歌を歌った時のことを説明した詞書《ことばがき》もあるし、二十巻の中でどんな歌が詠まれていて、どんなことが書いてあるのか知りたいだけやねん」

それから奈都子は「古今和歌集」も読んだ。「古今和歌集」は何か、「万葉集」とは違っていた。はじめに「仮名序」を読んだ時、不思議な感動に心が震えた。

和歌《やまとうた》は、人の心を種《たね》として、万《よろづ》の言《こと》の葉とぞなれりける。世の中にある人、事《こと》・業《わざ》しげきものなれば、心に思ふ事を、見るもの聞くものにつけて、言ひいだせるなり。花に鳴く鶯《うぐひす》、水に住むかはづの声を聞けば、生きとし生けるもの、いづれか歌をよまざりける。力をも入れずして天土《あめつち》を動かし、目に見えぬ鬼神をもあはれと思はせ、男《をとこ》女のなかをもやはらげ、猛《たけ》き武士《もののふ》の心もなぐさむるは、歌なり。

＊

難波津《なにはづ》に　咲くやこの花　冬ごもり
　今は春べと　咲くやこの花

咲く花に　思ひつくみの　あぢきなさ
　身にいたづきの　いるも知らずて

＊

この二歌《ふたうた》は、歌の父母《ちゝはゝ》のやうにてぞ、手習ふ人のはじめにもしける。

＊

春の朝《あした》に花のちるを見、秋の夕ぐれに木《こ》の葉《は》の落つるをきゝ、あるは、年ごとに鏡の影に見ゆる雪と波とを嘆き、草の露、水の泡を見て、我が身をおどろき、あるは、昨日《きのふ》は栄えおごりて、時を失ひ、世にわび、親《した》しかりしもうとくなり、あるは、松山の波をかけ、野中の水をくみ、秋萩の下葉をながめ、暁の鴫《しぎ》の羽《は》がきを数へ、あるは、呉竹《くれたけ》のうき節《ふし》を人に言ひ、吉野川をひきて世の中を恨み来つるに、「今は、富士の山も煙たゝずなり、長柄《ながら》の橋も造るなり」と聞く人は、歌にのみぞ心をなぐさめける。

＊

青柳《あおやぎ》の糸絶えず、松の葉のちり失《う》せずして、まさきのかづら長く伝はり、鳥のあと久しくとゞまれらば、歌のさまを知り、ことの心を得たらん人は、大空の月を見るがごとくに、いにしへを仰《あふ》ぎて今を恋ひざらめかも。

奈都子は「仮名序」を読み終わって、本の上におおいかぶさり、声をあげて泣いた。心が打ち震えて、号泣していた。

日本人って、何という民族なんだ！　この情緒、この情感！　自然の営みを感じる何ていう繊細な鋭い感性！　何という豊かな情趣を内包しているのだろう！

春の朝《あした》の花のちるを見て、秋の夕ぐれに木の葉の落ちる音を聞くなんて！　野中の水をくみ、秋萩の下風を感じるなんて！

日本人が三十一文字に詠み込んだ、凝縮された高い感性、あふれんばかりの豊かな情趣、私は全てを知りたい！　日本民族の文化をとことん知り尽くしたい！

そう思うと奈都子は、一気に「古今和歌集」を夜の更けるまで読んでいた。

最後の「真名序」を詠み終えて、本を閉じた。奈都子の胸には、ムラムラと闘志のような情念が湧き起こり、五年間、この五年間、私はやりたいことを全てやる！　そしてその後は、流れに身をまかせ、あるがままの自分の人生を受け入れよう！　この五年間、後悔のないように、絶対に後悔をしないように！

数日するとやってきた左兵衛は、

「あかん、歴史の先生、適当な先生がいてはらへんねん。国文学の先生やったらいてはるそうやけど、奈都子はん、国文学の先生を頼むか？」

「はい、国文学の先生をお願いします。『源氏物語』をお願いしたいのですが……」

「『源氏物語』やな、ほなそう連絡するわ。今、お茶の偉い先生は交渉中やさかい、国文学の先生から勉強を始めなはれ。先生は、水曜日やったら空いてるそうや」

静枝がお茶を出すと、左兵衛は一口飲んで、

「今日はゆっくり出来へんねん。勉強するんやったら、机がいるなあー。そうや二月堂の机やったらどうや？　先生と、奈都子はんと、もう一つくらい用意しとこか。よっしゃ、購《こ》おて送らせておくわ。お母はん、タクシー呼んでんか、もう帰るさかい」

二月堂の机とは、東大寺二月堂で使われていた幅九〇センチ、奥行四五センチ、高さ三〇

センチ程の折りたたみが出来る小机で、全体が黒漆で塗られ、机の上板の断面が朱の漆で縁どられていた。

日本史は独学である。しかし、丁寧に本を読めば分かることである。水曜日の午後三時に左兵衛の案内で「源氏」の先生がやってきた。中背でスラリとしていて、面長の顔立ちで色が白かった。二重まぶたの黒い瞳は、京大の秀才だったという言葉通り、知的なまなざしを湛え、口元はしまっていた。育ちのよさそうな、三十歳前後の雰囲気だった。

「先生どうぞ、こっちだす」

先生は示された机の前に座った。奈都子はもう源氏の本と筆記道具とノートを机の上に置いて座っていた。左兵衛は隣の机に座り、

「こちらは生徒の伊藤奈都子でおます」

と言って、先生の言葉を待った。

「僕は今、京大の助教授（准教授）でして、小川といいます。『源氏物語』の講座をということで参りましたが、実は大変申しわけないのですが、来年の三月には大学を辞めて東京に帰ります。ですから、一年弱の学びになりますがそれでもよろしいでしょうか？　普

通講座は月一回ですと、五、六年くらいはかかります。僕は時間が取れますから、こちら様さえよろしければ毎週参ります。出来れば一日二時間くらいかけてもいいのですが、いかがでしょうか？」

「奈都子はん、どうする？　そうするか？」

「はい、お願いします。先生、私はすでに与謝野晶子訳の『源氏』を読んでいますが、講義は原文でお願い出来ないでしょうか？　そして出来れば、紫式部がどういう意図で『源氏』を書こうと思ったのかを知りたいのです」

「ええ構いませんよ、講義は原文でやりましょう。次回までに本を用意しておきます」

そこに静枝が三人分のお茶を運んできた。小川講師はお茶を一口飲むと、

「今日はなぜ紫式部が『源氏』を書こうと思ったのかを推測してお話しします。これはあくまでも僕のかってな憶測ですが、実は『源氏』は反体制文学だと思うのです」

「先生、反体制文学とは、どういう意味なのですか？」

「紫式部とは今でいうペンネームで、本名ではありません。藤原一族で姓は藤原ですが、下の名前はまだ分かっていません。人によっては香子《かおりこ》だという人もいます。彼女は平安時代の中頃の人で、最も有力な説は九七三年生まれといわれていますが、四歳年上の藤原道

長が九六六年といわれていますから、九七〇年かもしれません。それだと、親戚筋の藤原宣孝と結婚したのが九九八年なのでそのときは二十八歳ということになります。夫の宣孝は四十五歳以上の年齢で親子ほどの年齢差があり、先妻や他の女性との間に子供も多く、宣孝の長男は式部と同年でした。宣孝が四十七、八歳の頃の九九九年の時、式部は二十九歳で一女賢子《かたいこ》を生んでいます。宣孝は伝染病で一〇〇一年四月二十五日に享年四十九歳で亡くなっており、式部が中宮（皇后）『彰子』の宮仕えに上がったのは一〇〇五、六年ということとなので、夫が亡くなってから、四、五年後のことになります。式部が死亡したのは一〇一四年の六月近辺ではないかと推定されておりますので、四十代半ばに亡くなったと思われますが、五十歳を過ぎてからだという説もあります。

娘の賢子はその頃十五、六歳になっていて、この前後から宮仕えに出ておりまして、『越後の弁』という女房名で呼ばれていました。そこで反体制文学のことですが、式部は世の中が藤原一族によって支配されていることに対し、強い憤りを感じていました」

「でも先生、式部も藤原一族ではなかったのですか？」

「そうなんですが、政権を握っているのはごく一部の限られた藤原一族でしたから。式部の曾祖父は堤中納言といわれた兼輔で、百人一首にも入っていて、社会的に地位もあったのですが、父親の代では受領（県知事）の格であったものの、役職にもつけず十年もの間失業状態でした。生活も豊かでなく、式部自身も適齢期をとっくに過ぎていて結婚相手も現われず、やっと遠縁の後妻に収まりましたが、不遇の青春時代を過ごし、現政権に強い憤りを持っていたのです。

彼女は夫が亡くなって、二、三年経った頃から『源氏』を書き始めておりますので、四〇〇字詰め原稿用紙二千数百枚にも及ぶこの作品は、十年前後が費やされたのではないかと思われます。

藤原道長の要請を受けて、中宮『彰子』の女房（家庭教師）となって宮中に上がるのは、一〇〇五、六年ですから、『源氏』はすでに三年前から書き始められていたということになります。

その時、彼女の頭の中には理不尽な世の中に対する反体制思想があったのだと思います。反体制勢力は式部以前から存在していました。伊藤さん『竹取物語』をご存じでしょう？」

「はい、知っています。子どもの頃、絵本で読みました」

「では、どのように感じられましたか？」

「老夫婦に子どもが授けられて、すぐ美しい姫に成長し、貴公子達が求婚するのですが、

月から迎えが来て、天に昇っていくのですから、ファンタジー的な物語だと思いました
……」

「そうですよね、普通は大体そのように思いますよね。ところがあれは大変な反体制の物語なのです」

「どうしてですか？」

「『竹取物語』の作者は、源順《みなもとのしたごう》（九一一～九八三）だろうという説が有力です。彼は嵯峨天皇の皇子だった源定《さだむ》の子孫です」

「先生、ちょっと待って下さい、源《みなもと》という姓は古くからあるのですか？」

「ああそうですね。その話を先にいたしましょう。『平氏』と『源氏』姓は、皇族しかつけられません。皇族から臣下に下る時、恒武天皇の子孫には平安京の一字をとって、『平』、嵯峨天皇以降は皇室に源流があるということで『源《みなもと》』という氏姓が与えられたのですが、同じ皇族でも在原業平はそのいずれでもなく、謀叛《むほん》人の末裔ということがわかるような、在野に下野することを示す「在原」という氏姓となり、元服の年齢になっても位階も職も与えられませんでした」

「先生、どうして皇族が謀叛人になったのですか？」

「業平の父親は平城天皇の皇子、阿保親王ですが、藤原良房の罠にはめられ、謀叛人となり謎の死を遂げます。業平が二十歳を過ぎてから、与えられたのは皇族の世話をする職務でした。

恒武天皇の嫡流を自負する業平にとっては屈辱だったでしょうね。話では、業平は日本史上屈指の美男子ということで、和歌の才にも恵まれ、さまざまな女性と浮名を流します。それに対して、『平氏』はともかく、源氏は『嵯峨天皇』、『宇多天皇』、『醍醐天皇』、『村上天皇』と、代々の天皇の皇子達が臣下に下る時には『源氏』姓が与えられました。しかし皇族であるにもかかわらず、権力を握りはじめた藤原一族によって、次々に権力の座から引きずり下ろされ、巧妙な罠にかけられたりして、彼ら『源氏一族』は藤原一族の抵抗勢力となっていきます」

「先生、そのことと『源氏物語』とは、どう結びつくのですか?」

「紫式部がこの物語を書こうとしていた頃は、藤原道長の父、兼家が娘を天皇の中宮にして摂政《せっしょう》政治をしていて、絶対的な権力を行使していました」

「先生、摂政政治とはどんな政治なのですか?」

「摂政関白ってよくいいますよね?『摂政』とは、幼少の天皇に代わって、任務を代行する職です。『関白』は、成人した天皇から全権委任を受けた職務です」

小川講師は奈都子の食い入るようなまなざしに少したじろぎを感じたが、他意のない表情に少しほっとして話を続けた。

「『竹取物語』に話を戻しますが、作者の源順は意図して反体制の物語を作り上げたのです。光る竹の中にいた妖精のような女児はたちまち美女となり、かぐや姫と呼ばれ、その噂を聞いて都の貴公子達から求婚されますが、姫はこの世に存在しない無理難題の条件を出します。最後に帝までも乗り出してきますが、姫はそれを拒絶して迎えにきた天人達と共に月に帰ってしまいます。

順は、神や仏や天人は人にとって超越的な存在であり、そういうものを示すことにより、人智の限界をつきつけ、天皇の権威さえも否定するというしたたかな意図をひそませているのです。

式部も又、ただ物語が面白いといっただけでなく、権力者に対する政治批判をも考えたでしょうね。それで抵抗勢力であった源氏一族を主人公にすることを思いついたのではないかと思うのです。『光り輝く人』とはかぐや姫のことですが、式部は女性ではなく男性に光り輝く人を現出し、光る源氏を創出したのではないかと僕は考えています。

光源氏は継母と関係を持って自分の子を生ませたり、強引に少女を引きとって、年頃になると女にしたり、次々と女あさりをしますが、読者が眉をひそめないように高貴な血筋の皇族の出自にし、話を展開しながらその話の中で権力者に対する社会批判をしていくわけです。

『源氏物語』は五十四帖で構成されていますが、帖といわれたのは和紙を折りたたんで袋綴じにしていたからで、第一巻などという呼び方は、当時多くの文書が巻物であったからです。

『源氏物語』は、独立した短編がシリーズになっていて、従って今日の長編小説のように一貫したストーリーになっていません。ですから実に多くの女性が登場し、各帖ごとにさまざまなヒロインが現われ、そのヒロインを描いた独立した物語としても読むことが出来ます」

「先生、『源氏物語』はどうして世界中で高い評価を受けているのですか？　特にドナルド・キーンなんかとても絶賛していますが……」

「そうですね、それでは細かい話をする前に、なぜ『源氏』が世界的に高い評価をされているかを説明します。

第一に、千年もの昔、アジア大陸の東の端の小さな島国で、しかも女性の手によって書かれたということは、全く奇跡というよりほかはないのです。

第二に、特にドナルド・キーンが強調したのは、日本人独特のもののあはれに対する高い感性と豊かな情感です。式部の生きたこの時代は、藤原文化の爛熟期そのものですが、感覚と情緒は病的なまでに繊細鋭敏なものでした。

第三に、海外をみても、十一世紀まで物語的なものは存在しておりません。イギリスでもシェイクスピアが書いたものは十五、六世紀ですから」

「でも先生、紀元前にメソポタミアでギルガメシュ叙事詩が書かれていたと思いますが……」

「あっ、あれは叙事詩であって、物語ではありません。そして式部は、当時の一夫多妻という理不尽な社会体制のもとで、極めて不利な状況下にあった女性の立場を、各帖にわたってあぶり出すように描いていったのです。

又、その当時の結婚の仕方、風俗、慣習、因習、人々の物の考え方、生活、年中行事などをこと細かく描写し、後の人々に平安時代の人の生きざまを克明に伝えています。今我々は、『源氏物語』を読むことによって、あの当時の情趣ある人の生き方を知ることが出来るのですが、平安時代は又、実に合理的なものの考え方をした時代でもあります。この時代は他の時代と違って婿取り婚です。男が女のもとに通い、承諾を得ると関係を持ち結婚に至りますが、途中で男が女に飽きて通わなくなると関係は自動的に消滅します。しかし、二人の間に子供が出来たとしますね。子供は確かに女のお腹から生まれてくるのですから、はっきりとその家の血筋の者だと分かります。だからよその子供ではありませんよね？　ところが鎌倉時代になって、男の館に女を置いて、子供が出来たとしても、男は自分の子供かどうかは本当の所は分かりません。現在のようにＤＮＡ鑑定もありませんでしたしね。もしかすると、自分の子供でない子を育てているかも知れません。その点、娘を家に置いて男に通わせるというやり方は、その家の資産や血筋を間違いなく直系の子孫に伝えられるという考え方もあるのです」

「それでは先生、人の愛や感情をないがしろにはしていませんか？」

「それはそうですが、その時代その時代で、人が生き残るためには、モラルや考え方も異なってくるのです」

「では先生、平安時代にはモラルはなかったのですか？」

小川講師は、うっ！　というような一瞬言葉に詰まった表情を顔に浮かべたが、

「そうですね、あの時代はモラルはなかったかもしれません。人妻との関係を法的に罰せられるのは、鎌倉時代に入ってからですから。平安時代は倫理観がなかったのかもしれません。鎌倉時代のように、哲学もなかったですしね」

「でも先生、哲学がないなんて、どうしてですか？　仏教が奈良時代に入っていたではありませんか？」

「そうですが、宗教と哲学は異なっています。哲学は宗教のように、生死を含む人の深い悩みに対して、解答を与えるものではありません。哲学とは、一貫性のある表現で、世界の認識を更新する知的な作業なのです」

その日の講義はそれで終わったが、左兵衛は奈都子が自分の知らない世界に向かって、大きく羽ばたいていることを感じ、驚異のまなざしで見つめていた。

次の週の『源氏』の講義に左兵衛は来なかった。三時にやって来た小川講師は、

「今日は、『源氏物語』のおおまかな話をいたしましょう。この物語は五十四帖で成り立っていますが、一帖の物語の長さは長短あり、上・下の帖もあります。最初、紫式部が書き出した時は、帖のタイトルはなかったといわれていて、後になってつけられたともいわれています」

「先生、いつ頃つけられたのですか？　もう平安末の藤原定家が『源氏』を書写した時、タイトルはついていましたよね」

「そうです。ですから、式部が書き進めて帖が周りに広がり、道長の要請で中宮『彰子』の家庭教師となって出仕し、宮中で回し読みされ始めてから式部がつけたのか、みんなの中から自然にタイトルがつけられたのかは不明です。しかし一帖の『桐壺』は物語の内容から誰にでもつけられそうですが、二帖の『箒木《ははきぎ》』になると、意味は少し難しいので、僕はやはり帖の回し読みが始まった頃、式部が帖のタイトルをつけたのではないかと考えています」

「それはどうしてですか？」

「それは『箒木』という言葉が物語中に出てこないのです。よくこの帖は雨夜の女品定めなどといわれていますから『雨夜』などとついてもおかしくないのですが、それなのに帖の最後の方で光源氏が詠んだ歌からつけられているのです」

「その歌はどんな歌なのですか？」

「『箒木の　心を知らで　その原の　道にあやなく　まどひぬるかな』

と詠み、今夜のこの心持ちはどう言っていいのか分からないと源氏に言わせています。

そして、

『数ならぬ　伏屋におふる　身のうきに　あらぬにもあらず　消ゆる箒木』

という歌を、関係を持っても袖にされた女性の弟に言わせています」

「先生、その『箒木』という言葉には、どういう意味があるのですか？」

「『箒木』とは箒草《ほうきぐさ》のことで、あかざ科の一年草です。夏、黄緑色で穂状の小さな花をつけます。平安時代、茎・枝を乾かし、束ねて草箒として使っていました。この言葉にはある意味があって、遠くから見ると形が良く分かるのに、近づくと何なのか分からないということで、何かつかみどころのないことを『箒木』のようだと言います」

そして小川講師は更に言葉を重ねて、

「式部は現政権の抵抗勢力として皇族の源氏を現出させ、読者に対しても憧れと共感を導き出すため、誰もがひれ伏すような光り輝く美貌と気品、聡明な知性、豊かな才芸を備えさせ、成人したのちは男としてやりたい放題をやらせます。式部は『箒木』の帖から、身分による上・中・下の階級による女性のありようを展開させ、様々な階級の女性に興味を持つような方向に持っていきます。式部は源氏に『箒木』の歌を詠ませて、女性はつかみ所のない存在なのですよと暗示させるような形でストーリーが始まるのです」

「では先生、男がやりたい放題が出来るのは、皇族だからなのですか？」

「そうなんです。この時代、皇族は絶対的な権威を持っている存在でしたから、皇族でなければ人でないように書かれています」

「それはなぜなのですか？」

「そこが式部の狙い所なのです。一帖ずつ話を進めていきますが、皇族は絶対的権威を持っているにもかかわらず、常に周りに気を使い、実際に行く手をさえぎられ、罠にはめられたりします。式部は手の平で光源氏をあやつりながら話を進めていきます。ではこの次にその詳しい事柄について述べたいと思いますので、今日はこの辺りで終わります」

そういうと小川講師は持ってきた「源氏」の原書の（一）を二冊奈都子に渡し席を立ち上がった。小川は何か不思議な興奮を味わっていた。

これまで大学で講義をした時、こんな熱い思いで「源氏」を語ったことがあったであろうか？　今回改めて式部の反体制文学としての強い意図を感ぜずにはいられなかったし、奈都子が講師の言葉を一言一句、決して聞き漏らすまいとする真剣なまなざしにも圧倒されていた。

次の週にやって来た小川講師は、奈都子に紫式部のもう一つの反体制文学としての意図を説明しなければならないと考えていた。

「先週は『箒木』の帖までの話でしたね。皇族としての出自、光り輝く男性を現出していましたが、その後式部は理不尽で不安定な平安女性の立ち位置を物語の中で展開させております。式部は現体制が藤原一族に牛耳られていることへの抵抗意識から、この『源氏物語』はあえて摂政政治ではない、天皇親政という摂政政治を否定するような設定になっています」

「先生、天皇親政というのは、どういう意味ですか?」

「それは天皇が直接政務を担当することをいいます。式部の時代から百年程前の天皇は『宇多天皇』、『醍醐天皇』、『村上天皇』達ですが、その頃は摂政政治ではなかったのです。ですから一部の藤原一族が国を私有化しているような今の世の中でなく、天皇に政治を司って欲しいという思いがあったのでしょう。それは紫式部だけでなく、抵抗勢力の源氏一族や傍流の藤原一族、又それに連なる人々など多くの人達の思いも同様で、その人達が『源氏物語』の読者となっていきます。その時代の『一条天皇』でさえも読者の一人でした」

「それでは先生、紫式部のことを、もう少しくわしく知りたいと思いますが……」

「そうですね、大体のことはお話しいたしましたが、紫式部が『源氏物語』を何帖か書き綴っているのを一人の男が見ていました。藤原一族の長となっていた『道長』です。彼は父親の跡を継いで、長女の『彰子』を当時の天皇であった『一条天皇』の中宮に入内《じゅだい》させますが、『彰子』はその時、十二歳、『一条天皇』は二十歳、すでに中宮になっていた『定子』は二十三、四歳でした。そしてその年に『定子』は男児（敦康親王《あつやす》）を出産しています。『定子』は道長の長兄であった道隆の娘で、道長にとっては姪であり、『彰子』とは従姉妹にあたります。しかも一条天皇は姉の男児ですから、甥にあたり、『定子』『一条天皇』『彰子』達はいとこ同士の三つ巴《どもえ》だったのです。九九五年に長兄の道隆は四十三歳で病で亡くなりましたから、三十歳にして権力の座に就いた道長の悩みは、天皇が『彰子』のもとに通わないことです。『定子』は美貌の持ち主で漢籍にも和歌にも優れ、『一条天皇』はひたすらに『定子』を寵愛していました。『定子』の女房の一人がかの有名な『枕草子』を執筆した清少納言です。道長は考えたでしょうね、『彰子』が男児を生まなければ、より強固な摂政政治を行使することは出来ません。

道長の策略は、和歌や漢籍を好み、管弦にも才能があり、物語にも充分興味を持っていた『一条天皇』が『彰子』に関心を持つように、『彰子サロン』を作り上げることでした。美しい女房や有名歌人の女房、そして物語作家の紫式部です。式部が『彰子』の女房として出仕した時、『彰子』は十七、八歳でした。

『一条天皇』も『源氏物語』のファンだったことを道長は知っていたのです。そして『一条天皇』は『定子』亡きあと、『彰子』との間に後一条、後朱雀天皇をもうけています。

式部は出仕した時、親が式部省の役人であったことと、藤原の一字をとって『藤式部《ふじしきぶ》』と称していましたが、『源氏物語』の作者として有名になると、物語のヒロインの『紫上』と藤の色からいつしか紫式部と呼ばれるようになります」

「先生、式部が『彰子』の女房になると、反体制勢力としての『源氏』を書き続けていくことは、難しくなるのではないのですか?」

「それはそうなんですが、しかし、もうすでに式部は何帖かを書き進めていましたし、式部自身も物語を書くことが面白かったと考えられますので、式部は周りの読者の反応を見ながら、自分の体験、宮中のゴシップや巷の事件などを取り入れ、世評にあわせて、読者の要望なども考慮して帖を重ねたと思われます。何はともあれ、式部は十年前後の間に、自分の思想、情感、教養、創造、創作を思いのたけ駆使して書き綴り、憧れていた仏門には入りませんでしたが、物語の最終章ではヒロインが彼女の思惟に沿ったように描かれています。やはり『源氏物語』は日本文学史にキラめく星のように輝く名作で、世界に誇ることの出来る物語だと思います」

そう言うと小川講師は、涼やかなまなざしを奈都子になげかけた。

「今日はこれで終わりますが、次回からは各帖の式部の意図を読み解いていきたいと思います」

その日の講義はそれで終わったが、奈都子は読んでいた「源氏」の物語の端々を思い返していた。式部はなぜ、あんな女たらしのハレンチな色男を描かなければならなかったのだろう？　そして平安時代の女性達は、なぜバカバカしい色男に引っかかっていったのだろう？

男と女の情愛をまだ体験していない奈都子にとって、この物語は少し早すぎたようであった。

「源氏」の毎週の講義は、淡々と続けられ、原文の意味の分からない文章は講師の解釈を得て進む。

「源氏物語」を手にして「桐壺」から読みはじめた当時の読者は度肝を抜かれた。それは当時の天皇は権力者の娘を正妻にして皇子を産ませるのが勤めであり、天皇の愛や性は一個人のものではないというのが常識であったからである。ところが「桐壺」の帖は、天皇が多くの女性がいる中でたった一人の「更衣」を寵愛することから始まっている。世の中の常識を覆すような物語の展開は、一斉に読者の心を鷲掴みにした。式部がこの物語を書きはじめた時、最初に考えた作戦である。叡知と教養と博識を備えた彼女の思考は次々にアイディアを生み出していった。

「空蝉」では男の思うようにはならない女もいるのですよといい、「夕顔」は思いを遂げても物怪《もののけ》に恋人の命を持っていかれるさまを、「若紫」では小さな少女に女の理想像を見出し、養女とし女にして妻とするが、男の女への遍歴は止まらず、式部は男のエゴイズム、身勝手さを唯々綴る。男は女が何を思っているかなど深く考えもせず、男は自分のことしか考えていない。式部は女の口惜しさも書き綴るが、どうにもならない理不尽な社会体制の恨めしさも語っている。「末摘花」では滑稽な男と時代遅れの女を描き、「紅葉賀」は宮中の行事と男の愚かな心情を表現し、「花宴」は男の甘い考えが身の破滅へと導かせている。男は須磨に流れても女を得て、京の女にはあれやこれやと言い訳をする。

奈都子は講義を聞きながら、式部がよくまあ厭きもせず男女の話を延々と書き続けたものだと呆れるほどであったが、きっと式部は理不尽な世の中に対して、これでもかこれでもかと書き続けることによって、溜飲を下げていたに違いない。

そして、当時の女性が学ばなかった漢籍や「白氏文集（白居易の詩文集）」等を「彰子」に講義していて、式部は他の女性達と一緒にされてはたまらないという強い自負とプライドをかみしめていたのであろう。

娯楽が少ない平安時代、読者は半ばバカバカしいと思いながらも、手を変え品を変え綴られていく物語に引きずられていったのかも知れない。思いの外、「源氏」の講義は短い帖もあって、一年も待たずに終了した。

茶の湯の稽古

ある日左兵衛がやってきて、

「あんな、やっとお茶の先生、来てくれはることになったわ。家元の直弟子やさかい、レベルは高いで！　稽古は第四土曜日の三時からで月一回や。偉い先生やから、夕食は用意せなあきまへんな！　とにかく次の土曜日に来てもうことになったんや。奈都子はん、第四土曜日は普通の稽古は休みやったな。特別稽古というわけや」

奈都子は女学院を卒業してから、左兵衛に稽古用の着物を四、五枚作ってもらっていた。その日は稽古着の小紋を着ていた。髪は後ろで束ねている。

第四土曜日の三時頃、左兵衛とともに大先生はやって来た。八畳の座敷の床の間の前に用意された座布団の上に座すと、左兵衛は奈都子を紹介した。

「宗匠はん、生徒の伊藤奈都子でおます。これからどうぞよろしゅうお願いします。こちらは大先生で、野口宗匠はんどす。しっかりお勉強させてもらいなさいや！」

奈都子は下座に控えていて、

「伊藤奈都子と申します。どうぞよろしくお願いいたします」

と両手をつき、深く頭を下げた。挨拶の仕方は週稽古の師匠から学んでいたから、雑作もなかった。

「どういう風にお茶を学びたいんどすか？」

「お点前の稽古は『四ヶ伝』まで進みました。けどお茶の本を読むと、お茶事のことが書いてあり、本当のお茶はお茶事だと書いてありました。週稽古の先生は、お点前の順序だけの稽古しかされませんので、私は本格的にお茶事のお勉強をしたいと思っています……」

「ほな私は茶事の稽古をしまひょ。ここは炉が切っておますな」

と、宗匠は下座に炉の切った跡のある炉畳を見て言った。

「となりの続き間は何畳でっか？」

左兵衛は答えた。

「六畳でおます、その隣に台所がおます」

「ほな六畳は茶の間でっか？　そこが水屋になりますな。六畳には水道やすのこや棚のある水屋がおますか？」

「板戸が入っておましたけど、そういう具合の水屋がおます」

「ほな松下という茶道具屋にいうて、ここに来てもろて、茶事をする全ての水屋道具を揃えてもらいまひょ。炉は開けて見はりましたか？」

「いいえ、まだ何も見てまへん」

と左兵衛は言った。

「そうでっか、もし塗炉壇でしたらよう見てもろて、傷んでいたら塗り直してもらうように道具屋に言うときますわ。道具屋が全部準備してくれまっさかい、それは大丈夫やな。さて、今日は茶事の話をしますわな。週稽古をしてますな？」

宗匠は、奈都子の顔を見て、念を押すような言い方をして話を進めた。

「週稽古は、お茶の点て方の順番を覚えたり、出されたお茶の頂き方を教えてもらいますな？」

奈都子は固唾をのんで、大きく目を見張りながらうなずいた。

「そういうこと、何のために稽古していると思いやすか？」

「分かりません……」

「それはな、みんな茶事をするための割稽古ですねん。お茶は茶事をせな、ほんまのお茶をしたことにはなりまへんね。茶事というのは、四時間くらいかけて炭で湯を沸かして、懐石料理を出して、濃茶や薄茶を点ててお客さんをもてなすという大人の遊びでんねん。お茶とは人様をもてなす遊びでんねん。これがお茶の基本の話だす」

奈都子は普段の稽古とは違う話の転回に、少しクラッとする感覚を覚えたが、

「分かりましたか？　お茶とは、大人の遊びでんねん。大人やさかい、何でも本物でないとあきまへんねん。心も所作も道具もみんな巧成り名を遂げた大人が、満足できるレベルでないとあきまへんねん。こういうことはまだ若いあんさんには分かりまへんやろけど、年がいったら分かります」

宗匠は膝前に置かれていたお茶を一口飲むと、

「そやから、数寄者いうて、あんさん数寄者って知っておすか？」

奈都子は目を見開いたまま、首を振った。

「茶の湯には二種類の人がおましてな、お茶の家元や私らみたいな茶の師匠はお茶を教えて生活してますわな。そやけど、仕事は会社なんかやってはって、趣味にお茶を楽しむ人がおりますねん。古い時代の高価な茶道具を買おて、半分自慢しながら遊びますねん。高価な道具は私らでも手が届きませんわ。そやけどお茶は面白い世界でしてな、金持ちは金持ちなりに、貧乏人は貧乏人なりに遊べるところがありますねん。自分の分相応に遊べるところがお茶のええとこどすわ」

そこまで言うとまた宗匠はお茶を飲んだ。

「そこで茶事のことやけど、客を迎える人のことを亭主と言い、四時間くらいかけて遊ぶ間の挨拶や所作は全部決められておます。そやさかい、亭主となったら、この四時間ほどの挨拶や所作を全部覚えなあきまへんねん」

その後宗匠は茶事の種類の説明をした。一日の最初の茶事は、
「暁《あかつき》の茶事」、午前四時から始まるという。次は、
「朝茶事」、午前六時から。次は、
「正午の茶事」、午前十一時~十一時半頃。
「飯後《はんご》の茶事」、朝・昼・夕の食間に行なう。そして、
「夕去《ゆうざ》りの茶事」、午後四時にスタート。最後は、
「夜咄《よばなし》の茶事」、午後六時から始まるという。

茶の湯とは、宇宙の運行に従い、日の出から日の入りまでの時間帯を、季節の移ろいに合わせて、古美術から現代美術までの世界を、分相応にして、主客の心の機微と、相手を思いやる精神と、豊かな情趣と風情と教養でもって、実に上手《うま》く手玉に取るようにしての社交的な遊びであった。

料金受取人払郵便

新宿局承認

2525

差出有効期間
2025年3月
31日まで
(切手不要)

郵便はがき

1608791

141

東京都新宿区新宿1－10－1

(株)文芸社

愛読者カード係 行

ふりがな お名前				明治 大正 昭和 平成	年生 歳
ふりがな ご住所	□□□-□□□□				性別 男・女
お電話 番 号	(書籍ご注文の際に必要です)	ご職業			
E-mail					
ご購読雑誌(複数可)			ご購読新聞 新聞		

最近読んでおもしろかった本や今後、とりあげてほしいテーマをお教えください。

ご自分の研究成果や経験、お考え等を出版してみたいというお気持ちはありますか。

ある　ない　内容・テーマ(　　)

現在完成した作品をお持ちですか。

ある　ない　ジャンル・原稿量(　　)

書　名			
お買上 書　店	都道　　　　市区 府県　　　　郡	書店名	書店
		ご購入日	年　　月　　日

本書をどこでお知りになりましたか?

1.書店店頭　2.知人にすすめられて　3.インターネット(サイト名　　　　)

4.DMハガキ　5.広告、記事を見て(新聞、雑誌名　　　　)

上の質問に関連して、ご購入の決め手となったのは?

1.タイトル　2.著者　3.内容　4.カバーデザイン　5.帯

その他ご自由にお書きください。

(　　　　)

本書についてのご意見、ご感想をお聞かせください。

①内容について

②カバー、タイトル、帯について

弊社Webサイトからもご意見、ご感想をお寄せいただけます。

ご協力ありがとうございました。

※お寄せいただいたご意見、ご感想は新聞広告等で匿名にて使わせていただくことがあります。

※お客様の個人情報は、小社からの連絡のみに使用します。社外に提供することは一切ありません。

「そういうことで、茶事を始めるにあたり、いろんなことが出来なあきまへんな。お茶を出すんやから、お湯が沸いてなあきまへんな。お湯は何で沸きまっか？」

「お炭で沸きます……」

「炭が真っ赤になって、釜の中の湯がフツフツと沸きますな？　炭は何の上にありますか？」

「灰の上にのっています……」

「そうや火鉢なんかと一緒や、灰の中で炭が熾《おこ》っていて湯が沸きますな。まぁここがお茶は他と違いますねんけど、灰型というて、風炉の中に灰を入れて、釜をのっける五徳を入れて、真ん中に炭を入れるんやけど、灰をきちっとした形に作りますねん。形はいろいろありますけど、二文字という形はどの風炉にも通用しまっさかい、二文字という形を覚えたらよろしいわ。二文字は五徳の向こう側の爪と前の二本の爪の所に二本の線を横に引いたような形どす。これは私がちゃんと教えます」

　それからの奈都子はしっかりと灰型の指導を受け、

「灰型の練習は、毎日しなはれ。月一回の稽古の日に私がきちんとできているかどうか見ます」

風炉とは五月から十月まで、炉とは十一月から四月までに行なわれる茶の湯のありようである。

夏が近づくと宗匠は、

「炉灰の手入れも教えなあきまへんな」

と言って、その手順を説明した。

「炉灰の手入れは真夏にしかしまへんねん。都合がついたら連絡しまっさかい、炉壇の中の灰や、道具屋が持ってきたのを寄せといて下さい。量は使う分の二倍は必要でんな。丈の低い桶を三つくらい、畳表を三枚程、ほうじ茶も2キログラム用意しておいて下さい。あっ、それから炉の中に入っていた灰は、炉用のふるいでふるっておいて下さい」

宗匠はそう言い置いて帰って行った。奈都子は直径五〇センチ、高さ三〇センチほどの丈の低い桶と畳表三枚を左兵衛に頼んで用意してもらった。

盛夏に入ると連絡があった、

「明日十時頃行きますわ」

タクシーでやってきた宗匠は麦わら帽子をかぶり黒の透けた作務衣に男ぞうりを履いていた。

「さぁ始めまひょか。奈都子はん、炉灰をその桶に三分の一ほど入れなはれ。入れたら水を桶に半分くらい入れなはれ。そうや、ほうじ茶を用意してましたな。大きな鍋にほうじ茶を煮出しておいておくれやす」

奈都子は宗匠に言われた通りに桶に炉灰を入れ、水を入れた。

「この棒でかき混ぜなはれ、ほらゴミやアクが浮いてきますやろ、少しおさまってから上ずみを流して捨てなはれ。これを三回ほど繰り返しますねん。入れた水がきれいになったら、灰が全部沈殿するのを待って、水を全部捨てます。底に溜まった灰を畳表の上に桶をひっくり返して、灰を畳の上に広げます。カラカラに乾いたら寄せて、そこへジョウロで煮出したほうじ茶をかけますねん」

奈都子もやはり麦わら帽子をかぶり、Tシャツに七分丈のジーンズ姿で、言われた通りにジョウロで煮出し茶をかける。

「あんまりベチャベチャかけたらあきまへんで、ちょっと乾いたら灰を混ぜて均一になるようにしますねん」

そう言って宗匠は灰を混ぜながら広げていった。

「先生、何回ぐらいほうじ茶をかけるのですか？」

「そら、かければかけるほどよろしいわ」

「先生、この炉灰の手入れは何のためにするんですか？」

「あっ、そうか。炉灰はな、風炉灰と違うて、灰のアクがあったらあきまへんねん。一方風炉灰はアクがないとあきまへんねん。炉の炭手前の稽古はしはりましたな？」

「はい……」

「炭手前が始まったら、湿った炉灰を蒔きますな？」

「はい……」

「灰匙に湿し灰をすくって蒔く時、灰はサラサラときれいに蒔けますか？」

「あまり、サラサラとはうまく蒔けません……」

「そうやな、サラサラと蒔くためには、灰のアクがあったらサラサラといきまへんねん。そやからこうして水で晒してアクを抜きますねん。煮出したほうじ茶をかけるのは、色づけどす。灰の色は普通、灰色いうて、ええ色と違いますやろ？　ほうじ茶をかけて、まあちょっとこっくりした茶色にしますねん。茶事に招かれて、亭主が炉の中に湿し灰を蒔かれはる時にはこう言いますねん。

『お手入れがよろしゅおすさかい、ええ灰どすな』

この挨拶が亭主へのほめ言葉ですねん。この暑いさ中にええ灰を作る亭主へのねぎらいの言葉ですわ」

奈都子はフーッと溜息が出る思いだった。宗匠は続けて言った。

「お茶はな、灰がほめられたら一人前や。ええ道具なんか、お金さえあったら買えるやろ？　ええ灰は売ってまへんさかいな。ええ灰は自分で汗をかいて作るしかおまへんねん。昔はな、『火事になったら秘蔵の道具より灰を持って逃げろ！』と言いましたんや」

奈都子は宗匠の言葉を聞きながら、底知れない茶の湯の深淵を垣間見る思いであった。私は一体この世界のどこまで学んでいくことが出来るのだろうか……。


初秋の稽古の時、奈都子は宗匠に聞いてみた。

「先生、今『源氏物語』を勉強しておりますが、何かお茶の役に立つでしょうか？」

「そら、役に立ちますがな。『源氏物語』は日本文化のルーツですわ。室町時代の香道の始祖の三條西実隆は、鎌倉時代から始まっていた香の遊び方の『十炷香《じゅっちゅうこう》』からヒントを得て『源氏香』を考えだしましてん」

「それはどういう遊びなのですか？」

「それはな、マッチの棒が五本あるとしますやろ？　一本目と二本目を線でつなぐ、あとはバラバラ、又一本目と二本目はバラバラで三本目と四本目と五本目を線でつなぐという図形を思いつかれたんですわ。五本の棒をつないだり離したりして、絶対に同じ形でないようにしたら、五十二通り出来ますねん。それを『源氏物語』にあてはめたんどすわ。『源氏物語』は五十四帖でっしゃろ？　二帖足りまへんな？　そやさかい、一帖の『桐壺』と最後の帖の『夢の浮橋』には図はありまへんねん。図は『帚木』から始まって、『手習』までだすねん。この図形から三条西実隆は香の遊び方を考えだしたんだす」

「どんな遊び方なんですか？」

「それが又ややこしい遊び方でしてな、まず五種類の香木を用意しますねん。一種類につき、香木の入った香包みを五個用意しますねん。いくつ出来まっか？」

「二十五包み出来ると思いますが……」

「そうでんがな、それを炷《た》く時にみんなの前でゴチャゴチャに混ぜて、その中から五包み取り出しますねん。奈都子はん、どういう意味か分かりまっか？」

「五包みの中の香木はいろいろになっていると思います……」

「そうだす、五包みの中の香木を一包みずつ炷いていきますな？　五包みの香木は全部違ったり、一包みと二包みが同じ香木で、あとはバラバラだったり、一、二、三包みがバラバラで、四、五包みが同じだったりしますねん。香木の香りを聞いた人は、同じ香りを聞き分けて五本の棒を線でつないだり、つながんかったりして、あの図を作りますわな。そこで『源氏物語』の帖と同じ図形を見つけて、答えはその帖の名前を書きますねん。これが、『源氏香図』とか、『源氏香』とかいわれた所以ですわ」

奈都子はつくづく「源氏物語」は日本文化のルーツとなっているのだなあと思わないわけにはいかなかった。

「先生、『源氏物語』は日本文化に多大な影響を与えているのですね」

と奈都子が言うと、

「そうどす。香木の銘は五十四帖の名前がつけられたものがおます。例えば『空蝉』『花宴』『須磨』『明石』などでんな。それだけやおまへんで、同じ室町時代に始まった能楽も、『葵の上』『玉髪《たまかずら》』『野宮《ののみや》』『半蔀《はじとみ》』『浮舟』なんかが『源氏物語』をもとにして作られてますな。江戸初期の大名茶人、小堀遠州は茶入れの銘に帖の名前をつけられましたな」

「それでは日本文化にとって、『源氏物語』は絶対に外せない物語なのですね」

「そらそうや、そやからしっかり勉強しなはれ。まぁ知っておいて無駄にはなりまへんな。来月は茶事のやり方を教えますわ」

と言って宗匠は帰って行った。

次の月宗匠は、

「左兵衛はん、本格的に茶事を稽古するとなると、八畳でも出来ますけど、暁の茶事だけは突上げ窓がないとあきまへんなー。小間の茶室を造りはったらどうだす？」

「宗匠はん、小間どしたら何畳くらいどすか？」

「そうやなー、三畳台目やったら、ええのと違いますか？」

三畳台目の茶室とは、三畳に台目畳が付け加えられたもので、台目畳とは、一畳の畳から台子の棚の底板の寸法を切り取ったもので、利休が考案した。

「宗匠はん、数寄屋建築の棟梁ご存じでっか？」

「そうやなあー、知った人がおますさかい、聞いときますわ」

「宗匠はん、よろしゅうお頼みします」

その後宗匠は、お茶事の準備の順序を説明した。

「まず茶事をする目的を考えなあきまへん。『誰が』『何のために』『誰を』『何時』『どこで』『どんな方法で』と考えなあきまへんねん。『誰が』とは自分のことですわ。世間の人やったら、社会的立場や地位、資産、茶歴、年齢、性別を指しますわ。次は、『何のために』ですな、目的ですわ。茶事をしようと思うにはいろいろあります。例えば、新席披露、口切、還暦の祝、また歓送迎や追善供養。あるいは観桜、観月、はたまた名器が手に入った喜びからとありますな」

「先生、ただ単にお茶事をして楽しむということはできないのですか？」

「そりゃあできまっせ、別に何でもないけど、茶事をして遊ぼかということもありますな」

「私は、そんなお茶事をしたいのですが……」

「そうでんな、とにかく茶事の仕方を習得せなあきまへんな。左兵衛はん、茶事専門の仕出し屋に懐石料理を頼めますか？」

「大丈夫だす、宗匠はんのおっしゃる通りにいたします」

「ほな来月、十一時半席入りということで始めまひょか。それまでに奈都子はんは茶事の教本がありまっさかい、それをよく読んで覚えなはれ。正午茶事は一番格が高く、基本となる茶事でっさかい、これさえしっかり覚えたら他は簡単どすわ。来月までに庭の掃除、当日は家や茶室の掃除、濃茶や薄茶や炭手前の準備をしといて下さい。客は三人くらいの方がええさかい、私が正客、左兵衛はんが詰として、もう一人いてはった方がよろしいな」

「宗匠はん、奈都子の母親がおりますけど……」

「そうか、そしたら真ん中に座ってもろたらええわ。そういうことで客三人ということになりますな」


次の月の当日には、お茶事の段取りは全て調えられていた。懐石の仕出し屋が台所に控え、宗匠の指示のもとに客三人が茶室に収まると、宗匠は言った。

「亭主は水屋で客が落ち着かれたと思ったら、静かに茶道口を開けて、そこで深く一礼しますねん」

奈都子は言われたように、襖を開けて茶道口で深く一礼した。宗匠は言った、

「どうぞお入りを」

正客がそういうと、亭主は、

「失礼いたします」

といって、茶室ににじり入り、正客に向かって、

「本日はお忙しい所、お越し頂きまして、誠にありがとうございます」

と両手をついて挨拶をするという。

宗匠は次々と挨拶の仕方、立ち振る舞いの順序を説明しながら、

「懐石の順番は板場はんがかっちり出しまっさかい、板場はんのいう通り運びなはれ。茶室の中は私が指導します」

お茶事は始まった。奈都子は宗匠の細やかな指示通りに立ち動き、挨拶言葉も本で覚えた通りにスラスラと言えたが、しかし四時間程の茶事が終わり、いくら奈都子が若いといっても、宗匠を見送ったあとは一歩も歩けなかった。左兵衛は言った、

「奈都子はん、ようやりましたなあー。なかなか一回では茶事は覚えられまへんわ、毎月覚えるまでやったらよろしいねん」

疲労困憊の体で奈都子が畳にへタっているのを見て左兵衛は優しげにねぎらった。静枝も宗匠と左兵衛の間にはさまって客となり、緊張した四時間を過ごし、くたびれ果てていた。

「ほな、わしは帰るわ。タクシー呼んでんか！」

静枝はほっとして茶の間の受話器をとった。

次の月も又同じように正午茶事を行い、奈都子も先月よりは慣れてきて、立ち振る舞いもスムーズに運び、何もかもが段々上手になっていった。余分な会話がないため、茶事は淡々と進み四時間以内に早く終わった。全員はやれやれと座卓を置いて座し、静枝はほうじ茶を出した。

「左兵衛はん、棟梁、茶室を造ってくれはるそうやけど、今から始めても仕上がりは来年になりますな。茶庭もありまっさかい」

「いや宗匠はん、何も急ぎまへんさかい、あんじょうしてもろたらけっこうだす」

「そうでっか、ほなええように造りまひょ。さて奈都子はん、お茶は茶事が出来ても、それだけやおまへんで、茶道具が全部わかってなあきまへん。茶道具はまず床に掛ける掛け軸、花入、香合を供なった炭道具、風炉や釜、水指、茶入、茶杓、茶碗、棗やな。それなんかがどんな意味を持っているか分かりはりますか？」

「いえ、分かりません……」

「それらの茶道具はそれぞれに歴史や格がおますねん。掛け軸一つとっても、奈良時代から現代までおます。又、どの道具にも格がおますねん。『真の格』『行の格』『草の格』とありましてな、茶会の取り合わせの中で、その道具の格が入り乱れたらあきまへんねん」

「先生、『真の格』にはどんなものがあるのですか？」

「掛物やったら、宸翰物《しんかんもの》いうて、天皇の書かれたものは懐紙、手紙、短冊や絵も全部ひっくるめて『真の格』ですわ。普通の物は、懐紙、歌切、古墨跡までが『真』、黒跡、一行物が『行』、消息（手紙）、短冊、絵画などは『草』です。天皇が書かれた物は一番古いところで、茶掛に掛けられるのは平安末やさかい、皇室の系図は全部覚えなあきまへんな。皇室も歴史の流れでいろいろ変わってますさかい、その時代の歴史も知っといた方がよろしい。奈良時代は大方経切ですな、これはお経の断簡ですわ。これも国宝から普通のものまで様々ですわ。上部のものを覚えなはれ。それから次は平安時代の歌切ですわ。歌切というのも、歌集の断簡をいいますねん。『万葉集』って知っておますか？」

「はい、知ってます……」

「奈良朝に書かれたものは、今は残ってまへん。平安時代に写された物が残っているだけどすけど、『五大万葉集』いうて、桂万葉集、金沢万葉、元暦万葉、藍紙万葉、天治万葉どす。桂万葉は今国宝になってて切られてまへんさかい、茶室に掛かるのはその他の断簡ものですな」

「それをどういう風に覚えるのですか？」

「そうやなー、どこかの出版社が『日本名筆選』という本を出していて、原寸大できれいに写真が撮られてますわ。大方の古筆は全部のってますさかい、まずその本をよく見て覚え、次は美術館や茶会に行って、本物を見て勉強しますんや」

「それじゃ、覚えるまでずいぶん時間がかかりますね……」

「そうや、同じように他の道具も全部そうだす。焼物やったらまず歴史を覚え、何焼かを全部分からなあきまへん。中国、朝鮮、日本、東南アジア、オランダとありますな」

「そういう勉強をするのに、どれくらいの年月《としつき》がかかるのですか？」

「そんなもん、一生かかりますわ」

「えっ？　一生かかるんですか？」

「死ぬまで勉強しても、間に合いまへんな。茶の湯は、五十、六十、鼻たれ小僧といいましてな、七十、八十、九十にならんとあきまへんねん」

奈都子は黙ってしまった。何か目の前が真っ暗になっていくような気がした。一生かかっても分からないなんて……。奈都子は潤んだ目をして、

「先生、とにかく早く、少しでも多く勉強出来る方法はないのでしょうか？」

宗匠は奈都子のその思いつめたような目を見て、何となく察した。

「まあ出来るかどうか分かりまへんけど、それぞれの勉強会に行きなはれ。まず楽焼は『楽美術館』でやってますわ。茶道具は行方《なめかた》宗匠はんやな、陶磁器は満岡先生や、古筆や古文書も東京から先生が来てはるし、美術館は京阪神に回りきれんほどあるし、大徳寺では毎月茶会をしてますな。数寄屋建築は中村先生や、香道は『御家流』がありますな。それらを毎月学びはったら、少しでも多く勉強出来ますわ。錦の梨次はんで懐石料理を教えてますわ」

左兵衛は横で聞いていて、

「宗匠はん、『遠州茶会』や『光悦会』も行った方がよろしおすか？」

「そりゃよろしいわ、最高の茶会へ行かへんかったら、最高の道具には会えまへんな」

「光悦会」とは、毎年十一月の十一、十二、十三日の開催で、東京の「大師会」に二十年遅れて京都の鷹ヶ峰の中腹にある「光悦寺」で結成された大茶会である。

一六一五年、刀鑑研磨を家業とする本阿弥光悦は、徳川家康から洛北の鷹ヶ峰一帯の土地を拝領し、本阿弥一族、町衆、職人などの法華経宗徒一団を率いて移住した。

「光悦寺」とは、光悦の死後に光悦屋敷が寺となったものである。

光悦は江戸初期の多芸芸術家で、蒔絵、漆芸、工芸、陶芸、書、茶の湯を趣味とし、書は寛永の三筆といわれている。

全国の茶の湯者達が競って参加し、参加出来る事がステータスとなっていた。席主は名高い美術商、美術館、名品を所持する数寄者達であった。

それからの奈都子は宗匠の紹介を得て、次々と勉強会に参加し、美術館をめぐり、各道具に関する本も読み、茶会にも出かけ、勉強から実践、実践から勉強へと、毎日学校へ行くような忙しさであった。左兵衛は入用な費用を充分に用意した。

次の年の秋が近づいた頃、タクシーでやって来た左兵衛は大きな箱を運んで来た。

「奈都子はん、十一月は大茶会の『光悦会』ですわ、みんなで茶会に行きまひょ。着物作ったで、ちょっと見まひょか」

奈都子は静枝と共に座敷に置かれた箱から左兵衛が着物を取り出すのを見ていた。白い和紙の畳紙《たとうがみ》を一つ取り出し、それのこよりの結び目をほどいて四方に和紙を広げると、何か品格のあるしっとりとした着物が目に入った。訪問着のようである。

「これはな、作家もんやねん。『源氏物語』の『紅葉賀』を描いた訪問着や。この前見頃を見てみ、回りに幔幕が描かれていて、舞楽の大太鼓《だたいこ》が描かれているやろ」

その訪問着は細かいちりめん地に、ごくごく薄いあずき色で染められ、あちらこちらに紅葉が描かれていて、右下の方に二人舞の光源氏と頭中将の迦陵頻伽《がりょうびんが》の舞姿が描かれていた。両袖は紅葉した紅葉《もみじ》に緑の葉もそえられていて、肩には幾重にも霞が棚びき、薄いあずき色に白のあられが細かく入っていた。

「帯はこれや」

左兵衛は帯の畳紙を開いた。

「これはデパートなんかで売ってるものやないねん。西陣の特別の工房のものやで」

高級感が漂うざっくりと織られたもので、黒地に金糸と淡い空色の糸で幾何学的な模様が織り込まれていた。左兵衛は帯の端の中裏に金糸で織り込まれた文字をみせて、

「ほら、増田工房のものや。普通はなかなか手に入らへんねん」

奈都子は、はっ、とした。由美ちゃんとこの帯や。左兵衛は静枝にも三つ紋の薄紫の無地紋付を用意していた。


十一月十三日の「光悦会」は快晴で、空はあくまでも青く澄みわたり、白い浮雲が三つ四つ漂っていた。鷹ヶ峰の「光悦寺」の紅葉《もみじ》は紅く染め上がり、門前から踏みゆく石畳に染まった紅葉が散り広がり、錦秋という言葉はこの情景のためにあるのではないかと思われるほどであった。

三人は受付を済ませて、本堂にお参りをして茶席に向かった。午前十時頃には「光悦寺」に着いていたが、もう茶の湯者達はそれぞれの茶席の前で長蛇の列となっていた。

「奥の方の茶席から入ろか」

と言って、左兵衛、奈都子、静枝が順に歩いていると、緋毛氈が敷かれた縁台に座って

席待ちをしていた人から声がかかった。

「左兵衛はん、こんにちは！　えらいきれいなお嬢はん連れはって、左兵衛はんにそんな若いお嬢はんいはったかいな？」

「いやー、恥かきっ子でしてなー」

と左兵衛はニコニコして先に進んだ。

「あんた何いうてんねん、あの若い人、左兵衛はんの囲い者やで！」

隣に座っていた連れの女の人が男性の袖を引いた。

「分かってるわいな、ちょっとからこおただけや。そやけど、きれいな子よう見つけたなー。しょっちゅう祇園に通わへんかったら、見つけられへんな。わしみたいに年に一回くらいの祇園通いやったらあかんわ」

「何いうてますねん、年一回で充分どす。そやけど、左兵衛はん、さすが呉服屋さんやな、若い人にええ着物着せてはるわ。あれ作家もんやで、帯も普通のもんとは違うな」

「お前かて、こないだ買おたその着物、えろう高かったやないか？」

「何いうてますねん、あの着物と帯は、私らのものと全然値が違います！」

奈都子も静枝も、ヒソヒソと話されている言葉の端々に、どんな会話が飛びかっているのか大方の察しはついていた。

「光悦会」は当然のことながら、紋付袴のきびきびした若い男性達に仕切られて、整然と待合から本席へと導かれる。

「やっぱり『光悦会』でなかったら、こんな道具にはお目に掛かれへんな。奈都子はん、床の掛け物のこの古筆、小野道風の『継色紙《つぎしきし》』やで。古筆の勉強会でもう習たか？」

「はい、平安初期の古筆は全部習いました」

「これが本物の古筆や、色鳥の子紙も綺麗やし、字も水茎の跡があざやかやなあー。この頃から散らし書きが始まると習たやろ？　よう見ときや」

「はい……」

四席の茶席や点心席を回り、記憶が出来ないような数々の名品を見て、入席の長い待ち時間の間に、奈都子はこめかみがズキズキと痛みだしていた。そして思い出していた。以前、宗匠が言った話である。

「あのな、ある流派の若宗匠は、一度見たもんは忘れんそうや」

「先生、道具って、何年も見ますよね、数万点以上になりますよね。それを全部覚えているのですか?」

「そうや、一度見たもんは忘れんそうやで」

「そんなこと、本当にできるのですか?」

「茶の湯者の中には、そういう才能を持ってる人もいはるということやな」

吉岡幸雄《さちお》氏の門下生

「光悦会」が終わってしばらく経って、やって来た左兵衛は、

「奈都子はん、ええ勉強会が見つかったで! 吉岡先生の教室や。吉岡先生いうたら、日本一の染色の師匠や。染色や裂地《きれじ》のことを教えてはんねん。教室は月一回、昼からや、裂地はお茶道具とは切り離せんもんや。まず掛軸の表装は全部裂地が使われているし、古帛紗も名物裂やし、茶入の仕覆《しふく》も大変な裂地が使われているやろ。裂地のことも勉強せなあ

かんな！」

「はい……」

奈都子はいわれた通りに吉岡教室に入会した。三時から始まる教室には十人程の人がいた。主婦や専門業者や裂地に興味を持っている人達が集まっていた。氏は生徒を前にして、

「今日は『更紗』の話をしますわ。『更紗』の発祥の地はインドですわ。すでに紀元前後に地中海地方に輸出されていたことは知られてますけど、遺品の上では十七世紀以降で、特に十八から十九世紀のものが多く、カイロ南部のフォスタットから発見された十五世紀前後の『更紗』が最も古いとこです。

俗に『インド更紗』といいますけど、木綿に手描きや型を用いて模様を染めたもので、糸の太い物は『鬼更紗』といいます」

このインドから始まった更紗染は、インドネシア、ペルシャ、ヨーロッパへ普及していて、お茶には主に茶碗の保護袋や道具の箱の包み風呂敷に使われていた。

「これから台紙に貼ってある更紗を回しますから、よう見て下さい。裂地は上だけ貼って

ますけど、それは裂地の裏を見るためですわ。日本も江戸時代に更紗を写して、『和更紗』を作りましたけど、染色方法が分からんやったさかい、布地の上にプリントしただけです。『和更紗』は染料が裏まで通ってませんねん。そこをちゃんと見て下さい」

吉岡氏は、ギョロッとした目をしていて、丸い顔が優しげであった。聞くところによると、室町時代からの家筋で吉岡憲法の末裔であるという。

室町時代の終わり頃、京都に吉岡流と呼ばれる武術の一派があり、足利将軍の兵法指南をつとめて名声を得ていた。そこに三人の息子がおり、剣豪、宮本武蔵と立ち合ったのはこの三兄弟である。武蔵に敗れてそのことを機に兵法を捨て、もともと染色に関わっていたことから京都堀川の流れに近い西洞院《にしのとういん》において、黒染法を専門とする染色業者となった。吉岡家が得意とした黒染とは、憲法黒あるいは憲法茶という黒茶系の色だった。

氏の鑑識眼はすごかった。一メートル程離れた所からでも、生徒の一人が布を広げて、「先生、この裂地はどこの国のもので、何世紀頃のものですか?」

と聞くと、目をかっと見開いて、

「それはやなあ、ラオスのもので十八世紀頃のもんやな」

「先生、いくらぐらいするものですか？」

「そうやな、一畳くらいの大きさで、五万円くらいやろな」

生徒が、えっ？　という顔をすると、

「あんたそれ、高こお購《こ》おたんやろ、もっともっと勉強せなあかんな」

と氏は言った。

生徒があちらこちらの市に行って、気に入った裂地を買ってきて、氏に見せるのである。


次の教室は金襴、銀襴の織物であった。掛軸に使われている裂地である。

「金襴、銀襴はもとは中国の裂地です。そうやな、今日本に残っているのは明時代のものやな。明から輸入されて、日本でもそれを写して作られるようになりましたが、明裂か日本裂かは見たらすぐ分かりますねん。金襴も銀襴も、金や銀を薄く引き伸ばして箔にして、それを和紙に貼って、そして細く切って織物の中に模様になるように織り込んでいきますねん。同じように金色の模様のついた裂地に『印金《いんきん》』というのがあります。これは布地に接着剤となる漆で模様を描いて、漆が乾かないうちに金箔をのせます。金の箔は模様の上にくっつきます。くっついたら余分な箔を落としますと、金のついた模様が布の上に出てきます。これを日本では『印金《いんきん》』といいますけど、一坪三百万くらいしますわ」

誰かが言った。

「先生、一坪って、どれくらいの大きさですか?」

「裂地の一坪という単位は、一寸四方のことですわ」

奈都子は思わず息を呑んだ。重要文化財級の掛軸の中には、一文字や中廻しの裂地に「印金」が使われていて、何十坪のものもあるではないか。又々底知れない茶道具の世界に気が遠くなるような思いであった。

一月の会で氏は言った。

「今日は源氏物語に出てくる襲《かさね》の色目の話をします。みなさん、平安時代の姫君や女房達は十二単衣を着ていると思ってますな」

生徒の誰もがうなずいた。

「それが違います。着物を十二枚も着ていたら、十キロ以上の重さがあって、女の人は毎日十キロ以上の荷物をしょっていることになります。そやから身動きも取れませんわな、本当のところは大体何枚着ても五枚くらいです。外から見える衿、袖口、裾なんかは見頃一枚に布地を段々に重ねてくっつけてます。『裾濃《すそこい》』とは、上は淡く、裾にいくほど濃く染められていることをいいます。

『紅梅がさね』は表が赤、裏が青。『桜がさね』は表が白、裏が赤。『山吹がさね』とは表が白、裏が黄色です。平安時代は美意識が異常なまでに洗練された時代で、日本人の色に対する高い感性はこの時代に確立されていったのではないかと思います」

そう言って氏は、

「今日は三月の東大寺の『お水取り』の参加希望者を受けつけます。紙を回しますから、名前を書いて下さい。宿泊は奈良ホテルです」

その時になって奈都子は口を開いた。

「先生、教室以外の人も参加していいでしょうか？」

「かまへん、名前のところに人数を書いて下さい」

奈都子は母親と参加したかった。奈都子が奈良に出掛けたあと、母親が一人で過ごすのは心細いであろうし、奈都子もホテルの相部屋で他の人と泊まりたくなかった。

左兵衛がやってきた時、奈都子は言った。

「お父さん、吉岡先生が三月に、東大寺の『お水取り』に連れていってくれはります。お母ちゃんと一緒に行ってもいいですか？」

左兵衛は、

「何人くらい行きはるんや？」

「生徒は七、八人くらいみたいです」

「そうやな、お母はんも行ったことないやろ。吉岡先生の家は代々、二月堂の十一面観音に供える椿の造り花の紅花染した和紙を奉納してはるんや、ちょうどええわ、そうしなはれ」


毎年三月に行われる東大寺の「お水取り」は、東大寺の大仏開眼と同時に奈良の都はおびただしい死人や奇病人にあふれ、そのことを天罰と考え、大仏開眼の天平勝宝四年（七五二）に二月堂を建立、罪過を懺悔する修二会の法要が始められたことに起因するが、当時の僧が祈り続けると、若狭の遠敷《おにゅう》神社から霊水を東大寺の閼伽井屋《あかいや》の若狭井の井戸に送るという霊夢をみて、若狭井から水が汲みあげられ、病が収まったという伝承がある。その筋の人の話によると、大仏に金メッキをする時、水銀に金粉を混ぜ入れて大仏に塗り、その後炎をあてて仕上げるが、大仏完成のあと工事の廃液がそこらあたりに打ち捨てられ、その当時の生活用水に水銀が混入したのではないかという。

当日、近鉄の奈良駅に集合して、吉岡氏の案内で「お水取り」の行われる二月堂に向かって歩いた。寺内は夕方近くになっていたので、観光客もいなく静寂に包まれていた。東大寺の裏道に入り、

「あの左側に建っているのが『正倉院』や」

と言って吉岡氏は指さした。

校倉《あぜくら》造りの建屋が、裏庭の奥にポツンと建っていた。「正倉院」がかの平家の東大寺の延焼をまぬがれたのは、東大寺の本堂とかなり離れて建っていたからであろう。氏は奥に歩みながら、右側の道を進んだ。小高い所に二月堂が建っていた。

二月堂の左側に屋根の付いた石段が見え、高い本堂の下は萌えはじめたばかりの緑の下草が生え、急斜面になっている。

その急斜面には招待者しか入れないように竹で囲いがしてあった。奈良子達は氏の案内

で囲いの中に入った。もう八割程度の人がいた。

奈都子は氏に聞いた。

「先生、どのあたりで松明《たいまつ》を見たらよいのですか？」

「あのな、燃えている大松明はあの石段の下から本堂にかけ上がるんや、そやから上までの中程の石段が見える所がええな。本堂の欄干で燃えさかる松明が回るのを見るのもええけど、火の粉が飛び散る大松明をかついで一気に階段をかけ上がるのはなかなかの壮観やで！」

奈都子と静枝はいわれたように、急斜面の中程あたりの石段が良く見える所に立っていた。あたりはもうすっかり夕闇がしのび寄っている。まだ石段の下に赤々と燃える大松明は現われない。

まわりがどよめいた、一人の男衆《おとこし》が大松明を肩にかついで石段の下にやってきた。息つく間もなく、男衆は階段をかけのぼった。

その勇壮な姿に誰もが声をあげた。

「おお――！」

本堂まで上がった大松明は、本堂の欄干の上をくるくる回って端まで移動した。

凍てついた濃紺の空に、真っ黒な二月堂のシルエットが浮かび、大きな火の玉が火の粉をまき散らしながらかけめぐるのを、奈都子も静枝も呆然として見つめていた。

本堂の下では、飛び散る火の粉をあびようとしている人達の歓声とどよめきが、夜のしじまに消えていった。松明の火の粉をあびると、無病息災でいられるそうだ。

大松明の祭典が幕を閉じると、内陣では練行衆《れんぎょうしゅう》の五体投地が行われていた。

五体投地とは、身を床《ゆか》に投げつけ、身を痛めることにより懺悔の意味を現わしているという。夜はさらに更けていった。

「奈っちゃん、もうホテルに帰ろか。大松明も見たし、練行衆の五体投地も見たし……」

「ほな、先生に挨拶して帰ろ。あれ？　先生どこにいてはるんやろ？　どこにも居てはらへんで？」

「先生は毎年来てはるさかい、もう帰りはったんと違うか？」

「ほかの人達も居てはらへんわ、きっと流れ解散かもしれへんなー」

「お水取り」のあとの奈良は、草木の百花繚乱の景と化し、あちらこちらに点在している寺々の行事がくりひろげられていく。

青丹よし　奈良の都は　咲く花の
にほふが如く　今さかりなり

その昔奈良の都は、さぞかし美しかったに違いない。

四月の教室は刺繍についての内容であった。氏が、

「日本で一番古い刺繍は、飛鳥時代の『天寿国曼荼羅繍帳』です。今、奈良の中宮寺にあって、聖徳太子のお母さんが刺繍したということになっていますが、それはきっと違うでしょう」

と言うと、生徒達はいっせいにどっと笑った。

「次は平安時代にもありましたが、ほとんど残っていません。次に鎌倉時代になると、中国の宋から優れた刺繍が輸入され、日本の刺繍の技術も一段と高められます。一針二針を縫えばよいという簡単な技術は一般庶民にも広がっていき、室町、桃山時代になると、新しい斬新な表現形式が生まれます。例えば、小袖の刺繍にあらわれる唐突な色変わりの配

色と、俗に『渡し縫い』といわれる量感のある柔らかな繍法です。そして近世の『慶長小袖』ですわ。現在の刺繍は大体この流れを踏襲してますな」

氏は話が終わると、横に置いてあった刺繍のある布地を次々に回した。

「布地の裏を見なさい。桃山時代と江戸時代では刺繍の刺し方が違います。桃山時代は、布地の裏に糸がまわっていません。江戸時代の刺繍は糸が裏にも回っています。そこを見なあきませんで」

奈都子は聞いた。

「先生、刺繍糸が裏に回るのと回らないのとでは、どういう違いがあるのですか?」

氏はニコッとして、

「手間のかけ方が違いますねん。糸を裏に回す方が簡単ですから、手を抜いてるんですわ」

五月の教室に行くと、

「今日は、天然染料の色と種類の話をします。赤色糸の代表的な植物染料には、紅花、茜。動物染料ではコチニール（サボテンに寄生する虫）、ケルメス（虫）があります。紅花の原産地はエジプトとされていますが、日本には中国から入ってきました。

紫色系は、貝紫と称される貝の内臓から色素を採り出して染料としました。この色素は二千個の貝からわずか一グラムしか抽出できなかったので、希少性が高いものでした。

中国や日本では、紫を染めるのに山野に自生する紫草の根が用いられています。

青色系は藍のことで、日本ではタデ科の蓼藍《たであい》、インド系の藍はマメ科のインド藍です。

黄色系は大変多く、
(一)、媒染剤(染めを定着させるもの)を必要としない植物は、梔子《くちなし》、サフラン、黄蘗《おうばく》などです。
(二)、媒染剤を必要とする植物で代表的なものは刈安《かりやす》です。
緑系は、単独に『緑』の色を染める染料はありません。藍で染めて、刈安で染めると『緑』色になります。

黒系の染料は、五陪子《ごばいし》、檳榔樹《びんろうじゅ》などのタンニン系の染料を用い、鉄塩で発色させます。

茶系は、藤、シナ、葛など、山野に自生する樹皮が染料になっています。

化学染料は明治になって、ヨーロッパから入ってきました。

今からそれぞれ染められた裂地を回しますが、天然染料で染められた色と、化学染料で染められた色は全然違いますので、その違いをしっかり把握して下さい」

そう言うと、氏は次々に染められた布地を回した。生徒達はしっかりと見て順々に回していく。


六月の教室で氏は言った。

「この月から京都は祇園祭の準備が始まります。祇園祭というい い方は明治以後のことで、古くは『祇園御霊会』又は『祇園会』といっていたそうです。貞観五年（八六三）に京都では疫病が大流行し、疫病は怨霊のたたりだという考え方から、怨霊を鎮めるために『御霊会』が行われましたが、鎮霊のこの会が祇園祭のルーツとなるのです。

祇園祭は長刀鉾《なぎなた》を先頭に、現在は三十一基の山鉾が巡行しますが、鉾の四面には日本をはじめ世界中の染、織、綴、刺繍、段通、更紗、アップリケなどにまとわれています」

誰かが言った。

「先生、なぜ世界中のものが鉾につけられているのですか？」

「それはやな、町内が一つの鉾を作りますやろ？　すると他の町内に負けたくないと思て、他よりずっと豪華なものを懸けようと思て、どこにもないもの、珍しいもの、豪華なものを競い合ったんや。

巡行の前日に各町内を回って、裂地の説明をしますが今日は希少なものの説明をします。まずは長刀鉾に懸けられているものですが、これは世界中のどこにも存在しない謎の絨毯です。まだどこの国で作られたのかも分かりません。茶色地に梅の木の絵柄ですので、やはり中国の影響を受けていて、ムガール帝国のものかともいわれていますが、織られている糸が何の動物の毛か分からないのです。

南観音山の絨毯は三百年前のもので、イスハァハンのものですから現在のペルシャ絨毯です。当日は順番にものを見て説明いたします。終わったら夕方は全員で食事をします」

奈都子は聞いた。

「先生、鉾の見学に教室以外の人も参加していいでしょうか?」

「構いませんよ」

その日の教室はそれで終わった。七月の教室は鉾めぐりとなった。祇園祭の山鉾の巡行が、動く美術館といわれる所以である。

奈都子はやってきた左兵衛に言った。

「お父さん、吉岡先生の教室で祇園祭の鉾にかけられた裂地の説明があります。夜は食事をして鉾のお囃子を楽しむそうですが、お母ちゃんと一緒に行ってもよいでしょうか？」

「そりゃええがな、夜遅うなったら大変やさかい鉾の近くのホテルを取りなさい」

「ほな旦那はん、行かせてもらいます……」

と静枝は深く頭を下げた。


当日は、鉾が並ぶ近くの小さなホテルのロビーに生徒達は集まった。東京の生徒達も合流していて、十二、三人程であったろうか。

奈都子は帽子とTシャツとパンツスタイル、静枝も気軽な洋装で日傘をさして氏のあとについていった。

「これが長刀鉾や、この鉾は『くじとらず』というて、他の鉾や山は毎年巡行する順番をくじを引いて決めるんやけど、長刀鉾は毎年先頭に立ちます。この鉾にあの謎の絨毯がかかっています。みなさん！　これです！　よく見て下さい」

それは横二メートル、縦一メートル以上はあったろうか。真ん中に梅の木が織り浮かび、枝が伸びて白い梅の花が咲いていた。その梅の木を囲むように雷文が織り込まれている。

「今、世界の研究者は、この絨毯の糸のDNA鑑定をしていますから、まもなくどのあたりで作られたものか判明すると思います」

氏は通りをどんどん歩いて、南観音山に入った。

「この絨毯をよく見て下さい。この絨毯は三百年前のイスハァハンのものです。今のペルシャ絨毯です」

又氏は生徒を連れ歩いて、「鶏鉾《にわとりぼこ》」に入った。

「みなさん、よく見て下さい。この見送りは夕ペストリーです。ホメロスの叙事詩『イーリアス』のトロイ戦争へ出陣するヘクトールと妻子の別れを綴った十六世紀のブラバンド公国（現、ベルギー）のブリュッセル製で、現在重要文化財になっています。毛綴れの目の細かさとグリーンや赤の色をよく見て下さい」

次々と氏は生徒を連れ歩き、あれは中国の刺繍だ、これは何々だと言って説明していたが、奈都子は真夏の炎天下の中を出来るだけ記憶しなければならない多くの裂地を見ながら、何かボオーッとしていた。静枝は、

「何や知らんけど、何見てもみな同じに見えるなあー」

とつぶやいた。

解散して、六時に室町の料理屋に集合するように伝えられた。

「お母ちゃん、ホテルに帰ってシャワーを浴びよ。ちょっと昼寝して、支度して食事に行こ」

「そうやな、もう汗びっしょりやわ。何か冷たいものでも飲んで休もか」

二人は夜の食事用の夏の着物を用意していた。奈都子は水色の明石縮に朝顔の花が手描きされたアイボリーの絽目の染帯を、静枝は薄い藤色の秋草のような草花文が浮き出た紗の着物であった。二人は会場の料理屋の隅に座した。

食事のあと氏が毎年予約しているのだろう、菊水鉾がよく見える町屋の二階に通された。教室以外の人達も沢山いて、目の前に見える鉾の上部に並んでいる囃子方が、コンコンチキチン、コンチキチン……と囃子を響かせていた。

奈都子は、夏祭の人々が少し非日常な特殊な趣きの中で、時空を越えて、どんな自分の人生であっても、この時だけは祭に没頭しようとしている説明しがたい情感をひしひしと感じていた。

今だけは、この時だけは、全てを忘れて楽しもうという熱い思いが、祭に参加している人々の中に渦巻いているように思えた。

九月に入って、秋はたけなわである。道端に紫の小菊があちらこちらに咲き乱れ、尾花の花穂も秋風にたなびいている。

左兵衛はタクシーで何か大きな物を持ってきて家に入るなり叫んだ。

「えらいこっちゃ、奈都子はん、お母はん、すぐここに来てんか！　えらいことになった！」

と言って、座敷にヘタりこんだ。奈都子も静枝も何ごとかと、左兵衛の前に座った。

「よう聞きや、こないだから何か調子が悪いなあーと思おて、京大病院に行ったんや。そしたら、今日検査の結果が出て、膵臓ガンやといわれたんや、ステージは四やて、余命六ヵ月といわれたわ……」

奈都子と静枝は唖然として左兵衛を見つめた。

「それでやな、わしはすぐ入院せなあかんねん。わしが入院したら、本家の者がすぐここに乗り込んで来るさかい、あんたら明日の朝すぐここを出なはれ。そうや、東京へ行きなはれ。大事な物だけ持って出なはれ。『沢庵の軸』、『渋紙手の茶入』、『一入の茶碗』、『玄々斉の茶杓』や。ほらスポーツバッグを買おてきたで、他にも大事なものを入れて、奈都子はんが持って行きなはれ。あとの物は行政書士の近藤はんに全部一時預かりにして保管してもらうように頼んだ。家は宮本弁護士にいうて売ってもらうことにしたで、奈都子はんの通帳に振り込んでもらうようにしたわ。奈都子はん、この革袋の中に銀行の通帳、ハンコ、カードや先生方の名刺が入っているさかい、これを持って出なはれ。わしのことは気にせんでええ、病院にも来たらあかん、葬式もこんでええ、二人で新しい生活をしなはれ、もうわしは帰るわ……」

「お父さん！　今まで長い間、本当にありがとうございました……」

奈都子はハラハラとこぼれる涙をぬぐおうともせず、左兵衛の前で両手をついて深々と頭を下げた。静枝も同じように頭を畳にこすりつけるようにして、

「旦那はん、ありがとうございました。本当にありがとうございました……」

「ほな、達者でな！　わしもほんまに楽しかったで！　さいなら、奈都子はん、ええ人見つけて幸せになりや！」

そう言い捨てて、待たせてあったタクシーに乗って帰っていった。

二人は左兵衛が持ってきたスポーツバッグに高価な茶道具を入れ、やはり左兵衛が持っ

てきたスーツケースに身の回りの物を詰め込み、明くる日の早朝に家を出て東京に向かった。東京駅に着くと、東京ステーションホテルに入り、部屋に入った二人はやっとホッとした。静枝は言った、

「えらいことになったなあー。東京なんか、初めて来たし、これからどうなるんか分からへんしなあー」

「大丈夫や、由美ちゃんが東京にいるさかい、明日電話してみるわ。とにかく食事をして、お風呂に入って、ゆっくり休も」

「そうやなあー、ゆっくりせなあかんなー…」

二人はやっと部屋でゆっくりして、気持ちが落ち着いたのか知らない間に眠りに落ちていた。

奈都子は朝食を済ませたあと、すぐに由美子に連絡をとった。

「えっ？　奈っちゃん、東京に来たん？　ホテルはステーションホテルやな？　すぐ行くわ、一時間くらいしたら行けるわ、ロビーで待っててな」

由美子がロビーに現われると、久しぶりの再会に二人は大喜びをしたあと、静枝と並ん

で座り、左兵衛とのいきさつを説明した。

「よかったやん、うちも奈っちゃんのこと、どうなるんやろと思てたけど、何よりや。これからどうするねん？」

「お父さんから七千万円ほど貰てるねん。どこかに家を買おて、お母ちゃんとひっそりと暮らそうと思てる……」

「そうやなー、東京は広いしなあー」

「由美ちゃん、京都みたいなわけにはいかへんやろけど、どこか静かな日本的な風情のあるところないやろか？」

「そうやなあー、静かで日本情緒のあるとこかー、しもた屋風な町並みで緑の多いとこかー、そうやなー、前に根津神社に行ったことあるけど、あそこは風情があったなあー。そうや、一ぺん池之端にあるお茶の家元のところでお茶をよばれたことあるねん。あそこがええわ、池之端がええわ。奈っちゃん、ランチしたら、二人で池之端に行こ、不動産屋に行って、いろいろ聞いたらええやん！」

「うん、そうしよ、お母ちゃんええやろ？」

「お母ちゃんは南口にデパートがあると聞いたさかい、いろいろ要るもんを買いに行くわ、

「二人で見に行っといで」

東京、池之端

奈都子は由美子と連れ立って、地下鉄千代田線で「根津駅」に降りた。由美子は言った。

「この近くにな、森鷗外の住居跡があるんやで」

「そこ入れるの？」

「うん入れるで、落ち着いてから行ってみよ。とにかく今日は不動産屋で物件を見なあかんわ」

「そうやねェー」

ちょうど良い具合に、駅の近くに小さな不動産屋があった。

「こんにちは」

二人は店に入った。

「はい、何でしょう?　物件をお探しですか?」

「はい、そうなんです。池之端あたりで、一軒家がないでしょうか?」

「そうですねエー、一軒家ねエー」

店主は六十歳前後であったろうか、少し髪が薄く白髪も混じっていた。丸い眼鏡をかけていて、眼鏡越しに二人をじろっと見た。顔は丸顔である。

「下宿と違うのですか?」

「はい、一軒家を探しているのですが…」

「そうですねエ…」

と言って、店主は台帳をめくりはじめた。

「一軒家ねエー、一軒家か、まあ、一つしかありませんね。五十坪くらいの土地で、二階屋です」

「どのあたりですか?」

由美子は歯切れのいい口調で言った。

「駅から五分くらいですから、行ってみましょうか?」

「はい、お願いします」

店主の後を二人はついて行った。池之端の一角にその家は建っていた。小屋根のついた門を入ると飛び石が右側の方に続いていて、家屋の右側に玄関があった。店主はポケットからじゃらじゃらと鍵を取り出して、印のついた一つの鍵を持ち玄関の引き戸を開けた。玄関は丸い黒石が敷き詰められ一坪弱であったろうか。

「中に入ってみますか？」

「はい」

店主は右側の壁際に置いてあったスリッパを三つ並べ、自らもはいて廊下に立った。玄関のすぐ左脇は床の間付きの和室である。廊下を進むと、階段の下がトイレになっていて、突き当たりが浴室だった。その左側は六畳らしいダイニングキッチンで、玄関の前の階段を上がると、又廊下になっていて、南側に六畳の和室があり、奥が十畳程の洋間だった。

二人はざあっと見て、

「築何年くらいですか？」

と由美子が聞いた。

「築十八年です。半年前から売りに出されています。三味線のお師匠さんが住んでおられたと親族の人から聞いています」

親族が売りに出したのは、間取りが現代風でないし、一家族が住むには小さいのだろう。いかにも三味線の師匠らしい和の空間である。奈都子はすぐに気に入った。母親と二人で住むにはちょうど良かったし、床付の和室も炉を切れば茶室に使える。お茶の稽古もできるかも知れない。奈都子は言った、

「すみません、明日又来て、母親にも見せたいのですが、すぐに手付けを打たなければならないでしょうか？」

「いいえ、いいですよ。明日必ず来て頂けるのでしたら構いませんよ」

「明日必ず来ます。明日来た時、手付金を打ちたいのですが、手付金はおいくらですか？」

「手付金は二百万円です」

二人は家を出て、庭もさあっと見た。五十坪ほどの敷地であるから、隣家との間は半間程の空間しかなかったが、南側は一間半くらいの庭のようであった。庭には何も植えられていなかったが、ただ、奥の方に枝を広げた背の高い木が立っていた。

奈都子は店主に聞いた、

「あの奥の木はなんという木ですか？」

「ああ、あれは白雲木《はくうんぼく》といいます。初夏に風情のあるたれさがった花房に小さな白い花が

咲きますよ」

店主と別れて、由美子は、

「奈っちゃん、駅の近くのどこか喫茶店でも入ろか?」

「うん……」

二人は小さな喫茶店の奥に座った。

「奈っちゃん、ちょうどええ家が見つかったなあー」

由美子は嬉しそうに言った。奈都子もほほえんで、

「ほんまに、ちょうどええ家やわ。狭すぎず、広すぎずやわ」

「部屋は三つに台所やけど、マンションでいうたら、三DKや、二人で住むには充分やね」

「うち、あの家の日本的な雰囲気が気に入ったわ。庭の奥に植えられていた白雲木の木、ええ具合に枝が広がっていたね…」

奈都子はやっとほっとしていた。何もかもが肩からすべり落ちていったようだった。そして思った、私は今、本当に自由なのだ。顔の表情がやわらかくほぐれていき、きれいな顔立ちに安堵の色が見え、年相応の美しさだった。

由美子は奈都子の明るい表情をみて、奈都子がいかに苛酷な運命と対峙しつつも、決して屈服することなく必死で生きていたことを感ぜずにはいられなかった。奈都子は備え持った叡智と強靭な精神力で生きぬいていたのである。

「由美ちゃん、家が落ち着いたら、泊まりがけで遊びに来てな?」

「もちろんや、奈っちゃんとこを宿にして、いろんな美術館や森鷗外の邸跡も見にいこ!」

「うん、そうしよ!」

明くる日、静枝と共に不動産屋を訪れ、手付金も打ち、全額を振り込む打ち合わせも終わり、

「すみません、襖や畳も入れかえ、水回りも新しくしていただけますか?」

「分かりました、すぐ手配します」

「そして家の回りの大和塀も塗りかえて下さいますか?」

「そうします」

「ではそれらがすみましたら、ここに連絡して下さい」

と奈都子はホテルの電話番号と部屋番号のメモを渡した。

一ヵ月くらいの後に連絡を受けて、午前中に新しい鍵を受けとり、建屋に入った奈都子と静枝は目を見張った。

「お母ちゃん、すごい！　新築みたいにきれいやわ！」

「ほんまに、きれいになったなあー」

二人は家の中を全部見て、ピカピカの浴室と台所も見て喜びあい、

「お母ちゃん、これからデパートへ行って、ランチして、家具を買お。和ダンスや整理ダンス、姿見、鏡台、台所の食器やテーブルや椅子も、全部全部買いにいこ！」

池之端の家に落ち着くと、すぐに行政書士に連絡を入れて、以前の荷物を家に運び入れた。嵯峨野の土地や家屋はすでに売却されていて、通帳には宮本弁護士からお金が振り込まれていた。

すぐ京都の茶の宗匠に連絡を入れた。左兵衛がすでに説明をしておいたのであろう、宗匠は百も承知していた。

「先生、京都の時はいろいろお稽古をして頂き、本当にありがとうございました。先生もご存知のように私はこれから東京で生きていきます。先生が東京の先生をご存知でしたら、是非ご紹介して頂きたいのですが…」

「そうやな、まあええ先生を知ってるさかい、伊藤さんのこと言うときますわ。伊藤さんの電話番号言うてもらえますか？」

奈都子は電話番号を伝えて、電話を切った。

「お母ちゃん、京阪神にも美術館が沢山あったけど、東京も美術館が沢山あるわ。今、東京の観光ガイドの本を見てるけど、やっぱり都会やなあー、文化に満ちあふれてるわ。歩いて行ける所に、東京国立博物館や西洋美術館もあるし、東京文化会館や音楽堂もあるわ。京都の時は一度もコンサートに行ってへんかったさかい、これからは音楽も思いっきり聴くわ！」

そしてある日、茶の師匠と告げられた人から電話が入った。

「私は佐々木といいます。先だって京都の野口宗匠から連絡が入り、そちら様が茶の湯の稽古を希望されているという主旨を承りました。茶の湯は来月から炉の稽古に入りますが、いつ頃から稽古に入られるご予定ですか?」

「すぐにでもしたいと思いますが、お稽古場にはどのように行くのでしょうか?」

「地下鉄の最寄駅は『表参道』で、徒歩三分ですが、案内図はすぐ送ります。稽古日は月三回で、火・木・土の何れかです。一時から五時までですが、土曜日は夜もあります」

「はい分かりました。稽古の曜日は明日にご連絡させて頂きます。今、住所を申し上げます」

と奈都子は住所を伝えた。


東京の風景は実に目まぐるしい情景であった。車の量と流れの速さに圧倒された。そして街の色が灰色がかっていた。

「天寿院」というお寺の境内の裏側にその稽古場があった。水屋と控室と八畳の茶室のある一軒家がポツンと建っており、建屋の周りには生垣がめぐり、茶室の南面は芝生になっていた。

その日は「炉開き」ということで、いわれていた木曜日の午後一時前に到着し、控室で師匠との挨拶も終わり、勧められて茶室に入り、床を拝見した。

明るい日差しが茶室の中にあふれ、一人の女性が入席していたが、奈都子は末席の方に座った。一時までに七、八人が入席し、師匠は茶道口で挨拶をして水屋に入り、小さめの膳を正客に運んだ。年配の社中がすぐ師匠の後に従い、水屋から膳を出す手伝いをして、師匠は茶室に座って、次々と運ばれる膳を社中に出した。

師匠は茶道口に座って、

「今日は炉開きですから、稽古のお菓子は粟ぜんざいを用意いたしました。どうぞお召し上がり下さい」

と言って襖をしめた。正客の、

「それではご一緒に！」

という挨拶で一同は粟ぜんざいに箸をつけた。

粟ぜんざいはもち米と黄色の穀物を炊いたものが菓子椀に入っていて、その上にこってりとした粒あんがのっていた。椀の右横に豆皿が置いてあって、細切りの塩昆布が入っていた。

京都の宗匠が奈都子に説明した話である。

「平安時代から宮中では毎年十一月の亥の日に、五穀（米・麦・粟・キビ・豆）豊穣と子孫繁栄を祈願して、五穀を餅について神に供え、公家たちにも下賜されましたんや。切り餅みたいにのして、そうやなあー、六、七センチくらいに切って、それを奉書で包んで紐でくくって、押さえに一の亥の日はいちょうの葉、二の亥の日は菊の花、三の亥の日は紅葉《もみじ》の葉を添えますねん。江戸時代にその宮中の行事が庶民にも広まりましてな、五穀をついた餅であんをくるんで、『亥の子餅』いうてお茶の菓子にしたのが始まりですわ。

まあ五穀までせんと、菓子椀にもち米ときびとを炊いたのを入れて、こってりした粒あんをのせるやり方もありましてな、今は大体このやり方ですわ」


弟子達が「粟ぜんざい」を頂いて、炉開きの稽古が始まったが、その前に師匠は全員に向かって、

「今日から社中になられた方です」

と奈都子を紹介した。

「伊藤奈都子と申します、どうぞよろしくお願いいたします」

と両手をついて深く頭を下げ挨拶をした。薄青色の一ツ紋付の着物をきた二十歳すぎか

と思われる奈都子を見て、楚々として初々しいその姿に誰もが、えっ？　先生の奥様になられる方？　と思ったようだったが、師匠は冷たく奈都子をあしらった。

東京の茶の湯の師匠、佐々木知規《とものり》は、一流大学の文学部を卒業したあと、一度は民間会社に就職したが、思うところがあって京都の茶の家元のもとで修行に入った。四、五年の水屋詰めが終わったあと、東京の家元の出張所の水屋詰めとなり、社中を抱え茶の湯を教えていたのである。

長身でスラリとしていて、顔も面長で色白であった。目は、一重まぶたで知的な表情を漂わせ、キリリッとした目元が清悍な雰囲気を醸し出している。もう三十七歳になっていたが未だに独身で、先日見合いをしたが話がまとまらなかった。三十三回目だったという。奈都子に対して、とても冷淡だった。奈都子は思った、きっと京都の宗匠から、ある程度のいきさつを聞いているのだろう。

十二月のある日の稽古で、濃茶点前の正客となっていた社中が聞いた。

「お茶杓のご銘は？」

「『過客《かかく》』でございます」

その時になって師は、

「『過客』というその銘の出典は、松尾芭蕉の『奥の細道』ですか？」

とそっけなく言った。奈都子は身を固くして、

「いえ、違います。唐の李白の『春夜桃李園に宴するの序』からです」

と言った。


芭蕉の「奥の細道」の冒頭は、「月日は百代の過客にして、行きかふ年も又旅人なり……」で始まる。年の暮れの茶の湯の稽古の茶杓の銘としては一般的であった。しかし奈都子は違うと言った、唐の李白だという。

師は何かを考えている風であったが、その日の稽古はそれで終わった。

茶の湯の稽古は、ただ点前順序の練習であるがために、世間で行う茶会のように本物の茶道具は用いない。一点前のなかで、茶会であるかのように趣向を想定し、茶杓の銘は画龍天晴の如く茶趣を指し示す。茶杓の銘を聞けば、おのずから亭主の趣向を知るというこ

とになる。

唐の李白の「春夜桃李園に宴するの序」は、李白がある春の夜に桃やすももの花が真っ盛りの宴に招かれて、書かれたものである。

宋の黄堅の編といわれた歴代の名文を収めた書、「古文真実後集」にあって、芭蕉もこの序の冒頭の、

「夫《そ》れ天地は、万物の逆旅《げきりょ》にして、光陰は、百代の過客なり。而《しこう》して浮生は夢のごとし…」

を踏まえて、「奥の細道」の冒頭を書き綴ったと考えられる。

年が明けて、一月の初日の稽古は初釜から始まる。

師匠は家元の初釜が終わったあと、社中達の「初釜」を行うので中旬に入ってからである。

「初釜」はその年の挨拶と改まった年の祝いとを兼ねて。師匠が亭主となって社中をもてなすために祝膳が用意され、師匠が初炭手前と濃茶点前を行う。年に一度、師匠の点前が

披露されるのである。奈都子も決められた刻限の三十分前には会場に到着していた。

大広間に四、五十人は居並んだであろうか。点前座には真塗《しんぬ》りの真台子《しんのだいす》が設えられ、台子の中には四君子柄の浅黄交趾の皆具が収められていた。台子の上棚に松唐草が描かれた八角の炭斗《すみとり》が置かれ、その左側に「ぶりぶり香合」が見えた。

「ぶりぶり香合」とは、宮中の幼児の玩具から香合として写し作られたもので、全体に金箔が施され、吉祥模様である松竹梅や鶴亀が描かれている。

当日奈都子は、左兵衛に誂えてもらっていた黒地に御所解模様の訪問着を着ていた。御所解模様とは、御所の館や中門や池、庭の松竹梅や菊などの草花を色あざやかに染めあげ、金糸や色糸の刺繍が施された品格の高い模様で、江戸時代は徳川御三家の奥方しか着用を許されなかった柄行である。

黒地に格調高い御所解模様の訪問着を着た奈都子は、透き通るような白い絹肌と相まって、美しさに気品も漂っていた。

まず初炭が始まった。

師が羽箒を持ち上げると、全員はいい合わせたように正客から座を立ち炉辺に寄った。師が飴色の楽焼のたっぷりとした灰器を持ち上げて炉の横に置いた時、奈都子はその灰の色を見てびっくりした。その灰はしっとりとしていて、深い栗色をしていた。思わず思った、

「先生は本当の茶の湯者なんだわ」

師は湿灰を大きくすくって、炉の中にサラサラと蒔いた。それぞれの炭が置かれ、止炭《とめずみ》が置かれると、全員は正客に合わせて座を立ち、元の座に着いた。

その後、祝膳が配されそのあとに師匠の濃茶点前が始まった。

社中は静かに師匠の点前を見つめる。日頃の師の注意がどこにあったのかを見極めようとするかのようである。

奈都子も師の風情のある静かな趣きに満ちた点前を見て、心の中で驚嘆していた。

「先生は、なんて素敵なお点前をなさるのかしら？」

「初釜」が終わって社中一同は辞したが、古参の社中が残り後片付けを手伝っていた。その社中が言った、

「先生、この間入られた方、先生の奥様におよろしいのじゃありませんか？」

「馬鹿だなあ君は、ああいう美形は頭の中が空っぽの人が多いんだよ」

「そうでしょうか、お点前も風情がありますし、とても聡明な方のように感じますけど……」


「初釜」のあとの稽古は、一月は一回だけであった。

点前の最後に正客は尋ねた、

「お杓のご銘は？」

奈都子は応えた。

「『鶯宿梅《おうしゅくばい》』でございます」

師は？という顔をして、

「その銘の出典は？　花札ですか？」

と、少し奈都子をからかい気味に言った。

「いえ違います、『大鏡』の故事に由来します……」

「それはどんな故事ですか？」

師は思いあたるふしがないのか、奈都子を見つめた。

「それは村上天皇の御代、清涼殿の前の梅の木が枯れたので、良い梅の木だと聞いていた京のある家からもらって移し植えたのですが、その梅の木の枝に和歌が結びつけてありました。

『勅なれば　いともかしこし　うぐいすの　宿はと問わば　いかが答へむ』

天皇はこれを読んで梅の木を送り返されたそうです……」

「あっそうですか、でも清涼殿の前の木は、左近の桜、右近の橘といいますから、桜ではなかったのですか？」

「御所が最初に造営された時は、中国の長安の都にならって、清涼殿の前の木は左近の梅、右近の橘でしたが、源氏物語が書かれた頃には桜になっていたようです……」

「そうなんですか……」

その日の稽古はそれで終わった。

二月の稽古に師は社中を前にして言った。

「今日は新しい稽古道具を用意しました。これは淡々《たんたん》斎好みの写し物ですが、淡々斎好み

の中では随一だといわれています。『梅月棗』といいますが、誰かこの好み物の由来を知

っていますか？」

師は七、八人の社中を見渡し、奈都子に言った。

「伊藤さんは？」

奈都子は名指しをされて、

「その梅月棗は、北宋の詩人、林和靖《りんなせい》の漢詩『山園の小梅』から好まれたと本に書いてございました…」

「その漢詩は？」

「七言律詩で、三行目と四行目の句から好まれたとのことです…」

「その句を伊藤さんは知っていますか？」

「はい、『疎影横斜《そえいおうしゃ》して水清浅《みずせいせん》、暗香浮動《あんこうふどう》して月黄昏《つきこうこん》』です…」

「そうですね、よく知っていましたね」

奈都子の点前になって正客は聞いた。

「お杓のご銘は？」

「『雪間の草』でございます」

すると師はすかさず、

「その銘の出典は？」

「藤原家隆の歌で、『花をのみ　待つらん人の山里の　雪間の草の　春を見せばや』です…」

「その歌は何の歌集に入っていますか？」

まるで師の言葉は問い詰めるような感じであったが、奈都子は消え入るような声で、

「新古今和歌集に入っています…」

とやっと答えた。

三月の稽古で、正客は問う、

「お杓のご銘は？」

「『早わらび』でございます」

師は言った、

「その銘の出典は？」

「『万葉集』の志貴皇子の歌からです…」

「その歌を覚えていますか？」

「はい、『石《いわ》ばしる　垂水の上の　早わらびの　萌えいづる春に　なりにけるかも』…」

奈都子は暗い気持ちであった。私は師にそまない弟子なのかも知れない。他の社中よりも何故か私を追い詰めている。


四月の稽古で正客は聞いた。

「お茶杓のご銘は？」

「『糸遊《いとゆう》』でございます…」

師は横で聞いていて、

「その銘の意味を、伊藤さんは知っていますか？」

「はい、春になると、野に立つ陽炎《かげろう》だということです…」

師は黙っていた。


五月の初旬の稽古で正客は聞いた。

「お茶杓のご銘は？」

「『吹毛《すいもう》』でございます」

師は横で聞いていて、冷たく言った。

「その出典は？」

「『碧巌録《へきがんろく》』の百則からです…」

「それでは禅語ですね、詳しく説明して下さい」

「はい、宋代の禅僧『圜悟克勤《えんごこくごん》』は、修行僧を悟りの道に導くため、日々講話をしておりましたが、その講話をまとめたものが『碧巌録』だといわれており、百則目に『吹毛の剣』というのがあります。五月の端午の節句にとの思いで銘といたしました…」

「『吹毛の剣』とはどういう意味があるのですか？」

「『吹毛の剣』とは吹きつけた毛でさえも切れてしまうほどの鋭利な剣をさし、禅僧の鋭い働きをいうそうです…」

「貴女は参禅をしたことがあるのですか？」

「いえ、ありません……」

「参禅の経験もないのに、茶杓の銘に禅語を持ってくるなんて、ずいぶんいい度胸ですね」

奈都子は顔から火の出る思いであった。奈都子もどうして禅語録から「吹毛」などという銘を持ってきてしまったのだろうかと後悔していた。きっと、弓とか矢とか剣などは端午の節句にあうと早計に考えたのである。

師の容赦のない物言いに、

「深く思いがいたりませず、大変失礼を申し上げました……」

と平服するように挨拶をしてその日は終わった。

奈都子は思った、師は私の全てを知っているのではないか？　胸が張り裂けそうだった。社中はれっきとした奥様方で、私は師の社中としてふさわしくないのだろう……。茶杓の銘に対する物言いは、他の社中と全然違っている。何か執拗に私を追いつめているようだ。

師は茶室の庭の左側に植木鉢を置いて花を育てていた。社中の一人が言った。

「去年も先生は朝顔を育ててらしたわ。きっと先生は庭一杯に朝顔の花を咲かせてみたいと思われたのですわ」

若い社中が聞いた、

「どうしてですか？」

「先生はあの利休の『朝顔の話』に憧れていらっしゃるのだと思いますよ」

と、先輩格の社中は言った。

隣にいた社中が、

「その利休の『朝顔の話』というのは、どんな話なのですか?」

先輩格の社中は語りだした。

「それはね、利休屋敷の朝顔がとても見事に咲いていると秀吉に告げた人がいてね、それでは是非見にいこうといって、朝茶にと利休のもとを訪れたの。ところが庭には一本も朝顔の花が咲いていていない。憮然として小座敷に入ってみると、床《とこ》の間《ま》に一輪の色鮮やかな朝顔がいけてあったの。秀吉も相伴の人々も、目が覚める思いであったと書きしるしてあるわ」

誰かが言った、

「今年は朝顔のようじゃありませんね? 葉っぱは少し朝顔に似ていますけど…」

奈都子も皆と同じように庭を眺めていて、やはりそう思った。葉の形は朝顔に似ているが、形は少し大きいし、葉の色も緑の色が深くこっくりしていた。

六月に入って、三週目の稽古に奈都子は四時頃に入った。それは東京国立近代美術館で、「菱田春草展」を観ていたからである。

天才といわれた春草の画は、唯々溜息が出る思いだった。特に「黒き猫」は、茫然として立ち尽くす思いで見入っていた。この風情、この描写、この雰囲気、何という高い感性なのだろうー。

あまりにも時が経ちすぎて、稽古場に入ったのは四時頃だった。稽古は五時までに入ることとなっていたから、別に構わないことであったが、師は弟子が誰もいない茶室で座っていた。

奈都子はすぐに挨拶を済ませて、遅くなったからと思い、簡単な薄茶の準備をして稽古に入った。師はおざなりの体《てい》で、

「茶杓の銘は?」

「『半蔀《はじとみ》』でございます…」

「出典は?」

「お能の演目です、『源氏物語』の夕顔の帖から作られたそうです…」

「ああそうですか」

奈都子が茶道口に座り、

「失礼いたしました…」

と挨拶をして水屋に下がると、師はおもむろに座を立った。

奈都子は茶道具を水屋棚におき、腰の帛紗を取りたたんで胸に収め、最後の挨拶をしようと踏み込み畳に座って、扇子を膝の前に置いた時、師は庭を眺めていた。

師は今まさに、大きく広げようとしている夕顔の花を見て、清涼な声で朗々と夕顔の帖の光源氏のあの一節を口遊んだ。

「うちわたす　遠方人《をちかたびと》にもの申す　そのそこに白く咲けるは　何の花ぞも」

奈都子はそれを聞いて、夕顔の君が夕顔の花のつる枝と共に和歌を扇にしたため源氏に届けたことを思い出し、

「心あてに　それかとぞ見る　白露の　光そへたる　夕顔の花」

と、口ずさむと、師ははっ！　と振り返って言った。

「私が待っていた人は、君だったのですね！」


（完）

参考文献

『古今和歌集』佐伯梅友校注　岩波書店
『紫式部』今井源衛　吉川弘文館
『源氏物語を反体制文学として読んでみる』三田誠広　集英社
『哲学で抵抗する』高桑和巳　集英社
『利休大事典』千宗左・千宗室・千宗守監修　熊倉功夫ほか編　淡交社
『文車日記』（夕顔）田辺聖子　新潮文庫

著者プロフィール
成井 歌子（なるい うたこ）
1945年、大阪府生まれ。茶道家、小説家。
23歳で茶名「宗歌」を習得し、その後裏千家茶道准教授となる。
1978年、茶の湯の専門道場として総合茶道研修所「孤風庵」を主宰する。
2011年に閉会し、八ヶ岳南麓に移住。
以後、茶の湯以外の執筆活動を始める。

■著書（成井宗歌名義）
『やさしい茶の湯入門』（金園社 1986年）
『茶事・茶会 道具の取り合わせ』（婦人画報社 1996年）

■近著（成井歌子名義）
『八ヶ岳南麓物語』（峡北印刷 2019年）
『小説「盗まれた消息（手紙）」童話「黒猫のギャッピー」』（峡北印刷 2019年）
『長編小説「由良の門を」』（峡北印刷 2020年）
『私と「認知症」の夫と家猫三匹』（文芸社、2022年）
『息子、…そして息子』（文芸社、2023年）

夕顔の君

2024年5月15日　初版第1刷発行

著　者　成井 歌子
発行者　瓜谷 綱延
発行所　株式会社文芸社
〒160-0022 東京都新宿区新宿1－10－1
電話 03-5369-3060（代表）
03-5369-2299（販売）

印刷所　株式会社フクイン

ISBN978-4-286-25326-8